BBULMEDIA

http://www.bbulmedia.com

언령의
주인

BBULMEDIA FANTASY STORY

연령의 주인

목차

1.

괴물

에스퍼.

흔히 초능력이라 불리는 이 능력은 마법이란 것이 세상에 널리 퍼지기 전, 마법이란 말을 대체하던 특별한 힘이었다.

하지만 세월이 지나 마법이 이 세상의 주류가 된 지금, 초능력이란 수많은 마법 중 일부 혹은 마법의 하위 호환으로 받아들여지는, 조금 신기한 능력일 뿐이었다.

그러나 정통의 마법사들은 오히려 이런 초능력에 대한 평가에 오히려 조심스러운 편이었다.

그들이 보기에 초능력이란 것은 아무리 봐도 마나와

는 연관성이 없고, 순수하게 인간 본연의 힘이 알 수 없는 작용을 통해 물리력 등의 힘으로 나타나는 것이었기 때문이다.

이런 초능력의 알고리즘에 대해 많은 학자와 마법사들이 연구를 거듭했지만, 만능이라 불리는 마법과 과학조차도 초능력의 진정한 근원과 그 힘의 작동 원리를 알아낼 수는 없었다.

그리고 그들은 초능력에 대해 다음과 같이 규정하기 시작했다.

배우지 못한 자의 잘못된 마법.

체계적이지 못한, 마법의 하위 호환이 되는 힘.

현대의 초능력이 마법의 하위 호환이라 불리게 된 데는 단순히 초능력의 종류가 일차원적이거나 체계적이지 못한 것만이 이유는 아니었다.

세계적 석학이라 불리우는 이들이 자신들이 알아내지 못한 것으로부터 자존심을 지키고자 퍼뜨린 말이 사람들에게 그러한 인식을 불어넣은 바가 컸으리라.

하지만 이런 소문을 퍼뜨린 당사자들은 본인들이 그러한 소문을 퍼뜨려 놓고도 조심스러워했다.

누가 뭐래도 초능력에 대해 가장 많은 연구를 하고

가장 많이 알고 있지만, 그럼에도 여전히 미지의 힘인 그것은 인간 본연의 두려움을 자극하기에 충분했으니 말이다.

그리고 지금.

대한민국 한복판에 위치한 유명 세력가의 저택에선 한 초능력자가 학자와 마법사들을 두려움에 빠뜨린 힘을 꺼내 들었다.

'이 힘… 이 힘만 있으면……!'

복면 사이로 보이는 남자의 눈에 결심이 깃들었다.

그의 이름은 정선호. 어릴 적 자신의 손에서 일어난 불길을 보고 스스로 마법에 재능이 있다 생각하여 마법사에 대한 꿈을 키웠지만, 자신이 가진 힘이 초능력임을 알고 마법적 재능이 없음을 한탄하던 것을 마탑의 스카우터가 발견해 현재 마탑의 말단 연구원에 있는 남자였다.

'내 마법 능력은 분명 3클래스 수준이긴 하지만…….'

마탑에 속해 있는 대부분의 연구직 마법사들의 클래스가 3클래스인 것을 감안하면, 또한 세상에서 실력 있는 마법사로 인정받는 단계가 3클래스란 것을 생각하면 결코 낮은 수준의 소유자가 아니었다.

하지만······.

"으아아악!"

"파··· 파이어······! 커헉!"

실전 마법과 연구실에서 사용하는 마법에는 차이가 있다는 것을 보여주기라도 하는 듯, 속수무책으로 쓰려져 나가는 동료들의 모습에 그는 손에 끼고 있던 검은 장갑을 벗어 던졌다.

"흐읏!"

치칙— 치이이익—!

신음과도 같은 기합성과 함께 밖으로 드러난 그의 손으로부터 새하얀 연기가 피어나는가 싶더니, 이내 달궈진 인두마냥 새빨간 빛으로 빛나기 시작했다.

주변의 공기는 그의 손이 발하는 열기가 얼마나 뜨거운지를 대변이라도 하듯 허공중에 아지랑이를 그려냈고, 곧 그를 중심으로 뜨거운 열기가 줄기줄기 퍼져 나가기 시작했다.

"이렇게 전력으로 끄집어내는 건 처음인데······."

그가 가진 초능력의 이름은 인체 발화.

말 그대로 몸에 불을 일으켜 그 힘을 사용하는 초능

력으로, 그 열기는 인간이라면 도저히 견뎌낼 수 없고 쇠붙이조차 단숨에 쇳물로 녹여 버릴 정도였기에 그야말로 초능력이라고 할 수 있었다.

게다가 이 인체 발화 능력은 그 어떠한 자원도 필요로 하지 않고 발동이나 유지에 있어 아무런 페널티조차 없었기에, 세계에 얼마 되지 않는 초능력 중에서도 꽤나 드문 종류의 것이었다.

'물론 공격에 쓰자면 직접 손을 갖다 대야 한다는 단점이 있긴 하지만 말이지.'

하지만 지금 그의 손에 닿는 것이 있다면, 그리고 그게 생물이라면, 그 어떤 것도 살아남지 못하리라. 생물의 한계를 뛰어넘는 열기를 단숨에 주입할 수 있는 그였기에 그것 하나만큼은 장담할 수 있었다.

'저 괴물 자식! 네놈이 인간인 이상 살아남을 순 없을 거다!'

양손에 녹색 광채를 피워 올린 채 정체불명의 광선을 쏘아내며 연신 동료의 숫자를 줄여가는 괴물 같은 인간을 보면서 그는 몰래 준비한 각종 전투 보조 마법과 기척을 줄이는 마법을 걸었다.

'헤이스트, 스톤 스킨 아머, 하이드 마나 포

스······.'

부우웅! 후우웅!

3클래스 마법사에겐 꽤나 어려운 수준의 마법들이지만, 이 작전에 투입되기 전 마탑에서부터 최악의 경우 여벌의 목숨이 될 수 있다는 말과 함께 반드시 숙달하란 지시를 받고 익혀둔 마법은 위기 상황 속에서도 한 번의 실수 없이 완벽하게 그의 몸으로 스며들었다.

그리고······.

타다닷!

"이 괴물 자식! 죽어!"

기척을 최대한 죽이고 숨죽이고 있던 그에게 마침내 기회가 찾아왔다.

어느새 반절로 줄어든 동료들이 괴물 녀석과 거리를 벌리는 과정에서 놈이 뻗고 있던 손에 총을 맞춰 균형을 흐트러뜨리는 순간이었다.

자신과 정반대 방향으로 몸과 손을 돌린 놈의 뒷모습을 보며 죽음을 확신한 그는 붉게 달아오른 손을 훤히 드러난 등판에 들이밀었다.

"됐다!"

그리고 그것이 그가 남긴 마지막 말이었다.

퍼걱!

순식간에 그의 머리를 박살 내고 지나가는 청록의 빛줄기는, 그의 얼굴을 형체조차 찾을 수 없는 몰골로 바꾸어놨고, 초능력자 동료의 돌격을 지켜보며 잠시 희망의 빛을 띠던 복면인들의 눈동자는 터져 나간 동료의 머리를 보며 순식간에 절망으로 물들었다.

그리고 이를 지켜보던 괴물, 칼롯 코즈너는……

"흠? 호오……?"

긁적.

그의 손이 닿았던 등 언저리를 손가락을 세워 몇 번 긁적이는가 싶더니, 이내 바닥에 널브러진 초능력자의 시체로 고개를 돌렸다.

모락모락—

남자가 죽은 후 통제를 벗어난 열기는 주인 잃은 몸뚱이를 빠르게 태워 들어갔지만, 놀랍게도 주변을 태우진 않았다.

그리고 그것이 바로 꽤나 급박한 상황임에도 칼롯 코즈너가 시선을 돌린 이유였다.

"이게 초능력자의 죽음인가?"

타들어 가는 시체를 요리조리 살펴보던 칼롯 코즈너

는 흡족한 미소를 지었다.

그가 오랜 시간 연구해 왔던 것 중 제대로 된 실험 재료와 기회가 없어 여태껏 궁금증으로 남겨뒀던 한 가지를 풀어낸 탓이었다.

'이로써 초능력은 발동 당시 주인의 명령을 이행한다고 할 수 있겠군. 그래그래, 역시 초능력은 마법과 크게 다르지 않은 것이었어.'

세상의 많은 마법사와 학자들이 오랜 시간 연구한 끝에 결국 그 알고리즘을 알아내는 데 실패하여 그저 이단 내지는 마법만 못한 것이라 여론몰이를 하던 초능력이란 존재에 대해 칼롯 코즈너는 이미 그보다 오래전, 많은 연구를 거쳐 결론에 한없이 가까이 와 있던 참이었다.

다만, 저쪽 세상에서 실험체로 쓸 만큼 완벽한 초능력자를 알지 못해 결론을 내리지 못하고 있던 차에 방금 한 초능력자의 죽음을 통해 완전히 밝혀졌다.

그야말로 위대하다 표현하기에 부족함이 없는 그의 새로운 업적이 새겨지는 순간이었지만, 당사자인 칼롯 코즈너는 은은한 웃음을 머금고 선 것 외에는 별다른 행동을 취하지 않았다.

사실 그도 그럴 것이, 칼롯 코즈너에게 있어 이러한 연구의 완성은 너무도 당연한 일이었기 때문이다.

　그저 방금 죽은 완벽한 조건의 초능력자와 같은 존재를 여태 찾지 못했을 뿐, 그런 것은 어차피 시간이 해결해 줄 문제였기에 넘치도록 많은 시간을 지닌 칼롯 코즈너에게 있어서 지금의 발견은 언제가 이루어졌을 필연적인 일 중 하나에 불과했다.

　그러나 그렇다 한들 이런 연구의 종결이 기분 나쁜 건 아니었다.

　그저 누군가들의 생각처럼 기뻐 날뛰지 않을 뿐, 오래도록 기다려 온 연구의 종지부를 찍는 데 기뻐하지 않을 연구자가 있을 리 없었다.

　그리하여 칼롯 코즈너는 여전히 웃음을 머금은 얼굴로 남아 있는 복면인들을 향해 돌아섰다.

　움찔—

　돌아선 그의 얼굴에 웃음이 피어 있는 것을 보고 움찔 물러섰던 복면인들은 이내 눈짓으로 무언의 대화를 나누기 시작했다.

　그러고는 이내 슬금슬금 발을 움직여 계획한 형태로 진형을 바꿨다.

그때, 칼롯 코즈너가 입을 열었다.

"본래 너희는 시체조차 남기지 못하고 죽어야 마땅하지만… 보기 힘든 것을 보여준 대가로 고통 없이 죽여주도록 하마."

그리고 그 순간.

칼롯 코즈너의 머릿속으로 익숙한 목소리의 한마디가 들려왔다.

'그래선 본말전도 아니야?'

'뭐……?'

굉장히 익숙한 목소리지만 '현우'는 그게 누구의 목소리인지 깨닫지 못했다.

스스로 같은 목소리로 반문을 하면서도 말이다.

아니, 어쩌면 현우에겐 그런 것을 생각할 시간이 없었는지도 몰랐다. 들려온 목소리가 말해준 본말전도를 범하고 있다는 게 무슨 의미인지 답을 생각할 시간이 필요했으니 말이다.

'대체 무엇이…….'

"이 괴물 자식!"

"죽엇!"

탕탕탕!

현우가 생각에 빠져 있는 사이, 저들끼리 눈빛을 주고받은 복면인들은 마법으론 상대를 할 수 없음을 깨달았는지 연신 고개를 갸웃거리고 있는 현우를 향해 다시한 번 총구를 들이밀었다.

하지만…….

"누가 괴물이라는 거냐?"

파사삿!

머릿속이 복잡한 현우가 귀찮은 파리를 쫓아내듯 손을 휘두르자 그의 손끝에 맺혀 있던 청록 빛의 번개가 그물처럼 넓게 흩뿌려지며 총을 쏜 자들을 향했다.

청록의 번개는 처음 사용했을 때처럼 사람의 신체 부위를 단숨에 터뜨려 버리지는 못했지만, 단순히 주변에 퍼지는 것만으로도 살상력은 충분했다.

"끄… 끄르릅!"

"꺼어어억!"

풀썩!

치이이익!

번개에 닿은 모든 복면인이 눈을 까뒤집는가 싶더니, 이내 모두 바닥에 누워 경련하기 시작했다.

아예 움직이지 않게 된 이들 중에는 입에서 연기를

뿜어내거나 신발이나 손에 낀 장갑 위로 불이 붙었다.

'어?'

그를 본 현우는 생각했다.

무언가 잘못되었다고.

'죽일 생각은 아니었는데……?'

수백 년에 이르는 칼롯 코즈너의 기억과 경험을 온전히 지닌 현우가 이제 와 살인에 대해 거부감을 일으키거나 불편함을 느끼는 탓은 아니었다.

그저 죽일 생각이 없었음에도 불구하고 마치 파리를 내쫓듯 마법을 일으켜 대량 학살을 해버린 자신의 행동이 평소와 다름을 본능적으로 느낀 탓이었다.

"어? 어어?"

무언가 말로 표현하기 힘든 이상한 기분에 여전히 은은한 청록 빛을 발하는 자신의 손을 내려다보던 현우가 손으로부터 시선을 떼 고개를 돌리자, 그곳엔 여전히 양다리에 피를 흘리며 흐리멍덩한 눈빛으로 현우를 쳐다보고 있는 사람이 보였다.

그리고 그제야 본말전도의 의미를 깨달을 수 있었다.

'난… 무슨… 그리고 이건…….'

자신은 이 상황에 왜 뛰어들었단 말인가.

단순히 이들을 죽이고자?

아니었을 것이다. 분명 바닥에 쓰러져 놀림감이 되고 있는 서보람을 보며 분노에 차 그녀를 구하고자 뛰어 내려왔다.

그러나 그가 한 일은 무엇이었단 말인가.

그가 해야 하는 것은 이들을 몽땅 죽이는 게 아니라, 우선 다친 서보람을 구하고 이들을 징벌하는 순이 되었어야 맞았다.

아니, 그것도 아니었다.

사실 처음부터 잘못돼 있었다.

본래의 현우였다면 상황이 이렇게 되었다는 것을 알아챈 순간, 이 상황을 타개할 최선책을 찾기 위해 생각을 했을 터였다.

이렇게 무작정 뛰어드는 것은 현우와는 거리가 먼 행동이었다.

오히려 이런 행동은 이 세상 살아 있는 모든 것을 내려다볼 수 있는, 칼롯 코즈너 시절의 자신에게 훨씬 어울리는 행동이었다.

힘와 위엄, 그 기세만으로도 만인을 무릎 꿇리는, 매사에 자신감이 넘치던 대언령사에게나 어울릴 법한 행동이었다.

그렇다면 현우는 지금 '칼롯 코즈너'인가?

그렇지 않다.

현우는 자신의 능력을 잘 알고 있었다.

지금 현우의 능력은 아무리 잘 쳐줘 봐야 6클래스 수준의 마법사에 불과했고, 단순히 화를 참지 못해 미지의 적들이 수두룩한 적진 한복판에 뛰어들어 그들에게 마법을 난사할, 그런 인물이 아니었다.

현우는 다시 생각했다.

어디서부터 잘못된 것인가.

'나는… 화가 나서 층계를 부수고 뛰어내렸고…….'

그렇다면 화는 왜 났던 걸까?

'그야 당연히 내가 아끼던 게 망가졌으니…….'

아끼던 것이라 함은?

'그야 당연히… 당연히…… 어?'

현우는 서보람의 다친 모습을 떠올리다가 말함에 있어 그녀의 존재를 사물화했음을 떠올렸다.

그리고 자신이 이곳에 뛰어들었을 때 느낀 감정을 다시금 되새겨 봤다.

'이건… 마치…….'

당연히 서보람의 부상에 마음이 움직여 그런 것이리라 생각하면서도, 마음속에 남은 분노의 편린을 더듬어 그 분노가 어디서 기인한 것인지 그 이유를 깨닫게 된 현우는 자신의 생각과 행동에 다시 한 번 경악했다.

'아끼던… 것?'

그랬다. 현우의 행동은 자신이 아끼던 장난감이 부서진 오만방자한 무언가의 모습이었다.

자신이 아티팩트까지 만들어 아끼고 있던 것이 다른 누군가의 악의로 부서진 모습에 분노하여 뛰쳐나간 것이었다.

그랬기에 현우는 자신의 마법으로 장난감을 부순 이들을 응징할지언정 그들로 인해 망가져 버린 것을 고치려는 생각은 전혀 하지 않았던 것이다.

아니, 정확히는 그 정도는 그냥 '나중에 고치면 된다'라는 생각을 가지고 있었기에 우선순위에 있어서 복면인들을 죽이는 데 최선을 다한 것이었다.

'대체… 내가 어떻게 된 거지?'

장난감의 파손에 불쾌해하고 화를 내며 가진바 힘으로 마구 때려눕히는 방금 전의 모습은 칼을 쥔 철없는 꼬맹이의 모습이었다.

일차원적인 분노와 단순하기 짝이 없는 복수의 방식
은 이와 딱 들어맞았다.

그리고 이런 모습은…….

'내가 아니야… 이건…….'

냉철함도, 깊은 생각도, 거대한 위엄도, 넓은 시야
도, 그 어떤 것도 지니지 못한 방금 전 그의 모습은 정
확히 말해 '현우'도 '칼롯 코즈너'도 아닌 제3의 어떤
것이었다.

이를 깨달은 현우의 머릿속으로 순간 스쳐 지나가는
얼굴이 있었다.

비쩍 마른 몰골에 새하얗고 창백한 얼굴, 얼굴을 온
통 뒤덮은 눈물과 그와 상반되게 길게 찢어진 웃음을
짓는 새빨간 입술, 그리고 끝없는 눈물을 쏟아내는 새
카만 두 구멍.

까드득―

조금 아까 전에 꿨던 꿈속의 그 무언가가 그를 가둔
크리스털을 뚫고 새하얀 팔을 뻗는 모습이 현우의 뇌리
에 생생하게 새겨졌다.

그 순간.

파스스슷―

언제부터였을까? 은빛의 성스러운 빛이 머물던 현우의 머리칼은 어느 순간부터 빛을 잃기 시작하더니, 조금 전 '무언가'를 떠올림과 동시에 전체가 푸석한 검은 빛으로 변했다.

뿐만 아니라 기이한 녹 빛을 띠던 눈동자 역시 본래의 검은색으로 돌아와 있었다.

비틀―

떠올리는 것만으로도 현기증을 불러일으키는 그 섬뜩한 모습에 잠시 비틀거린 현우는, 여전히 멍한 얼굴로 자신을 쳐다보는 서보람을 발견하고, 그제야 그녀 곁으로 다가갔다.

그리고 피 웅덩이 속에 널브러져 있는 그녀를 보면서 손을 뻗었다.

어느 정도 본래의 정신으로 돌아온 현우의 본능적인 행동이었다.

"레저……."

현우가 발동하려는 마법은 레저렉션. 7클래스 급의 대인용 회복 마법으로, 성직자가 아닌 마법사의 회복 마법 중 가장 뛰어난 즉효성 회복 마법이었다.

다만, 문제는…….

'레저렉션을 내가?'

현우는 현재 6클래스의 마법사. 7클래스의 마법인 레저렉션을 사용한다는 건 불가능했다.

그것은 아무리 일반 마법보다 뛰어난 효율을 지닌 언령 마법이라고 해도 불가능한 영역이었다. 누가 뭐래도 6클래스와 7클래스는 단순히 숫자 하나의 차이가 아니었으니 말이다.

현우가 저도 모르게 입 밖에 내긴 했지만 애당초 발동될 마법이 아니었다.

'아무리 끌어모아도 6클래스 급인가…….'

몇 번을 셈해봐도 현재로서는 능력 밖의 일이었기에 현우는 차선책을 떠올릴 수밖에 없었다.

'그렇다면 힐링이라도…….'

하지만 그것엔 문제가 있었다.

마법사의 힐링은 성직자의 힐링과 달리 재생력을 극한까지 끌어 올려 자가 치유를 시키는 것에 불과했다.

다만, 자가 치유의 과정을 마법으로 가속화하여 만능 치료 마법처럼 위장한 것일 뿐이기에 힐링으로 상처를 치료하면 대게 흉터가 남기 마련이었다.

그리고 그게 총을 맞은 자국이라면…….

'말할 것도 없겠지.'

서보람의 양다리에는 아마도 큰 흉터가 남으리라, 언제 어디서고 오늘의 지금 이 순간을 떠올릴 수 있는 커다란 흉터가.

꾸욱.

현우는 서보람을 향해 뻗었던 손을 가슴팍으로 당겨 응시했다.

'될 리가… 될 리가 없잖아?'

하지만 어째서일까?

이율배반적이게도 현우는 한편으로 '가능성'을 믿고 있었다.

분명 현우의 객관적인 분석을 통해 계산한 바로는 절대로 실현 불가능하다는 것을 알고 있지만… 현우는 어째선지 자꾸만 할 수 있을 것 같은 기분이 들었다.

'그럴 리가 없잖아? 그럴 리가……'

몇 번이고 부정을 하지만 가슴 한 켠, 그 깊은 곳에서 샘솟는 정체 모를 자신감과 가능성에 대한 믿음이 현우를 흔들고 있었다.

어쩌면 이런 고민 없이 믿져야 본전이라는 생각으로 마법을 발동해 볼 수도 있었다. 하지만 그런 행동은 현우의 성격에 맞지 않았다.

칼롯 코즈너라고 한들 그런 행동을 하지는 않았다.

물론 칼롯 코즈너가 가끔 될 대로 되란 식으로 마법을 쓴 적은 있었다. 하지만 그것은 그 마법이 잘못돼도, 그 어떤 결과가 닥치더라도 자신의 마법으로 해결할 수 있다는 자신감이 있기에 가능한 행동이었다.

뿐만 아니라 마법에 있어 절대적인 위치에 오른 칼롯 코즈너의 대충은 보통 사람의 필사적인 노력의 결과와 비슷했기에 칼롯 코즈너가 대충 사용한 마법은 어떤 결과가 나올지 확신하지 않을 뿐, 이미 나올 수 있는 경우의 수는 모두 머릿속에 들어 있는 상태였다.

즉, 칼롯 코즈너의 대충은 그 의미가 다르단 것이며, 지금 현우가 떠올리고 있는 '밑져야 본전' 식의 마법 발동은 결국 본래의 현우나 칼롯 코즈너, 그 어느 쪽에도 속하지 못한, 또 다른 선택이라는 의미였다.

거기에 혹여나 마법이 발동이라도 될 경우…….

서보람에겐 좋은 일일지 모르지만, 현우에겐 최악의 상황이 될 터였다.

현우의 정신을 가지고도 어느 쪽에도 속하지 못한 결정을 하며, 그 결정으로 자신조차 파악하지 못하는, 자신이 알지 못하던 힘을 이끌어냈다면… 지금의 현우는 절대로 '비정상적인 상태'란 의미이니 말이다.

'설마… 그럴 리가……'

그래서 현우는 필사적으로 부정했다.

레저렉션이 발동될 리가 없다고.

자신이 그런 막무가내식 선택을 할 리가 없다고.

현우 자신은 칼롯 코즈너가 아니라고.

그리고… 자신이 미쳤을 리 없다고.

현우는 머릿속에 떠오르는 것들을 전부 부정했다.

으득—

현우는 잇새로 작은 파열음을 내고는 가슴께로 당겨 뒀던 손을 내밀며 서보람에게 한층 더 가까이 다가갔다.

움찔—

어째서일까?

핏기 가신 얼굴로 멍하니 일련의 과정을 지켜보고 있던 서보람은 현우가 손을 뻗으며 자신에게 가까이 다가오자 움찔, 몸을 떨었다.

그리고 그 모습은 현우의 망막에 깊게 새겨졌고… 현우 역시 잘게 몸을 떨었다.

창백하게 질린 얼굴, 흐리멍덩한 눈에선 그 어떤 감정도 읽을 수 없었지만, 현우는 그녀가 몸을 떤 이유를 알 수 있었다.

방금 전까지 현우의 양손은 수많은 사람을 학살했으니까.

손끝에서 뻗어 나간 미지의 힘으로 사람을 도륙하던 남자였으니까.

이해하지 못할 바가 아니었다.

현우는 자신의 떨림을 숨긴 채 피가 고인 벽 앞에 기대앉은 창백한 미인의 곁에 다가가 앉았다.

그리고…….

달싹―

입을 열었다.

"……레저렉션."

부오오오오―

조금 전 사람을 찢어발기던 날카로운 청록의 빛깔과는 다른, 옥색에 가까운 포근한 빛이 그녀의 양다리를 감쌌다.

아니, 정확히는 그녀의 다리를 감싸고 남은 힘들이 저택의 1층 곳곳으로 퍼져 나가며 상처 입은 채 아무렇게나 포개져 있던 사람들의 상처 위로 안착하기 시작했다.

6클래스 급 언령사로선 불가능한 '기적'의 발동이었다.

현우는 옥색의 청명한 빛이 뻗어 나가는 자신의 손을 보며 입술을 깨물었고, 이내 차차 혈색이 돌아오는 서보람의 얼굴과 보기 흉하게 벌어져 있던 다리의 구멍에 뽀얀 살이 차오르는 것을 보며 눈을 감았다.

풀썩—

입 밖으로 차마 내뱉지 못한, 절절한 의문을 남긴 채.

'나는 대체 누구……?'

의식을 잃어가는 와중, 현우는 자신에게 다가오는 두 개의 기척을 느끼며 불안한 마음과 함께 깊은 잠에 빠져들었다.

          *   *   *

벌컥!

"무슨 일이야…… 이게 뭐야!"

"대체 무슨!"

저택의 정문 앞에 도착했으나 어째선지 마중 나오는 사람이 없어 당황하고 있던 남녀는 저택 쪽에서 들려오는 폭음을 듣고 열심히 달려왔다.

하지만 원래 차로 돌아다니는 저택 부지를 달려서 오는 데는 한계가 있을 수밖에 없고, 그들이 문을 열었을 때 본 것은 1층 홀에 가득한 피와 시체들이었다.

"도, 도대체 여기서 무슨 일이⋯⋯!"

교류 엘프로서 세상에 나서기 전 많은 수련을 통해 나름 산전수전 다 겪어봤다고 생각한 아나피지만, 집 안에 들어서자마자 본 것은 그런 그녀로서도 난생처음 보는 참혹한 광경이었다.

"읍⋯ 우욱!"

다다닷!

결국 아나피가 참지 못하고 밖으로 뛰쳐나갔지만, 비난할 만한 일은 아니었다.

인간보다 뛰어난 정신력을 가진 그녀지만, 엘프의 나이로 치면 고작해야 갓 성인을 벗어난 젊은 처녀. 평화로운 숲에서 태어나 어려움이란 모르고 자란 것으로 '되어 있는' 그녀에게 있어 이런 상황에 대한 면역은 없었다.

아니, 오히려 엘프로서의 뛰어난 오감 탓에 다른 누구보다 생생하게 현장을 체감하고 있기에 그녀가 느끼는 참혹함은 더했다.

그렇게 멀뚱히 혼자 남겨진 아나피의 수행 마법사 김택용은 쓰러져 있는 시체 중 머리를 온전히 남긴 이들이 모두 복면을 쓰고 있다는 것과 그들의 시체에서 마나의 흔적을 느끼고 내심 중얼거렸다.

'쳇, 실패한 건가?'

그로선 마음에 들지 않던 엘프를 해치우고 이래저래 자신으로부터 관심이 멀어져 가는 서가를 떠나 마탑에 의탁하려던 계획이 무참히 실패했음을 느끼고 짜증을 냈다.

'제길… 마탑이라고 기고만장하더니, 어떤 녀석들을 보냈기에 이 안의 어중이떠중이들에게 전멸당한 거야?'

서가에 의해 발굴되고, 서가의 지원으로 마법을 익힌 김택용이었기에 이곳 내부의 보안 상태나 서가의 영애인 서보람의 경호 상태가 얼마나 허술한지 알고 있었다.

물론 상대가 단순 강도라든지, 혹은 어중이떠중이 수준의 마법사라면 문제될 게 없는, 한국 내에서는 충분할 만한 방비였지만, 대한민국이라는 한 나라의 재벌이 사는 곳치곤 외부 위협에 대한 방비는 확실히 허술한 편이었다.

'그만큼 경찰을 믿었든지… 아니면 자신들을 믿은 걸 테지……. 그리고 지금 이 꼴을 보면 후자일 가능성이 크겠군.'

널브러진 시체들을 쳐다보던 김택용은 머리나 신체 일부가 없는 시체들의 단면이 거칠게 터져 있거나 깔끔하게 잘려 나간 것을 보며 혀를 내둘렀다.

비록 그 수준에 대해 욕을 하긴 했지만, 김택용이 파악하고 있는 마탑은 그리 호락호락한 곳이 아니었다.

그와 접촉했던 마법사만 해도 자그마치 6클래스의 마법사였고, 그 이후 김택용과 연락을 주고받던 마법사의 수행원만 해도 5클래스였다.

그런 마법사가 있는 집단이 절대 약할 리가 없었다. 그것은 진리였다.

마법사는 누구보다 똑똑하고 이성적이며 매사에 객관적으로 판단할 줄 아는 존재다.

그런 마법사들의 정점인 6클래스의 마법사가 자신의 몸을 들일 조직에 대해 여러 조건을 생각해 보지 않았을 리가 없었다. 그러니 그런 마법사가 들어간 마탑이란 곳은 그만큼이나 안전한 둥지라는 얘기였다.

'물론 이런 일에 5클래스, 6클래스… 그런 대단한 마법사들이 참여했을 리는 없을 테지만, 명색이 엘프를 납치하는 일인데 진짜로 어중이떠중이들을 보냈을 리는 없을 터……!'

아마 못해도 3클래스 급의 마법사들을 보냈을 터다.

누가 뭐래도 3클래스부터는 전투에 있어 높은 효율을 보이는 마법이 많으니 말이다.

'게다가 이만한 숫자의 마법사라면… 설령 그보다 클래스가 낮다고 해도 굉장한 전력이니 그 누구도 쉽게 상대할 수 없을 텐데……'

마법사는 자신보다 높은 클래스의 마법사에게 절대 이길 수 없다는 말이 있지만, 실제 그 말이 통용되는 것은 정정당당히 정면 승부로 마법 실력을 겨룰 때의 이야기였고, 5클래스, 6클래스 마법사라도 수십 명의 총을 쥔 마법사들이 달려든다면 목숨을 장담하기 힘들 터였다.

'그런데… 그런 걸 몽땅 막아냈다는 말이지? 게다가 특별한 피해도 없이?'

주변을 두리번거리던 김택용은 바닥에 드러눕거나 여기저기 기대앉아 고통을 호소하는 모습을 보면서 그들이 아프다고 호소하는 것에 비해 지극히 경미한 상처를 지니고 있거나 아예 다치지 않은 사람도 있다는 것을 깨달았다.

특히나 피 웅덩이 속에서 다리를 편 채 허벅지 위로 현우의 머리를 얹어놓고 멍하니 앉아 있는 서보람은 김택용에겐 당혹스러울 지경이었다.

여러모로 써먹을 방도가 많은 서보람이기에 발견 즉시 생포해 두라고 마탑에 넌지시 언급을 했건만, 구멍이 뻥뻥 뚫린 채 새빨갛게 피로 물든 바지를 입고 있는 서보람의 모습은 총을 맞은 게 틀림없었다.

귀중한 인질이자 자신을 거둬준 가문의 영애가 총을 맞았다는 사실에 미묘한 감정이 교차한 김택용이지만, 이내 가까이 가서 확인해 본 그녀의 다리에 흉터조차 없다는 것을 깨닫고 다시 한 번 당황할 수밖에 없었다.

외견상 정황으로 보건대, 총을 맞은 게 분명한 서보람에게 아무런 상처가 없었으니 김택용으로선 의문이

들었다.

'이들을 전부 전멸시킨 거야 무언가 내가 모르는 그이상의 것이 이 저택을 지키고 있다고 생각하면 되지만… 상처를 치료했다는 건 특수한 기계장치나 아티팩트에 의한 게 아니란 건가?'

치유 마법은 스크롤이나 아티팩트에 분명 저장되긴 하지만, 그 위력은 특성상 떨어질 수밖에 없었다.

그렇기에 누군가가 총을 맞고 그것을 흔적도 없이 치료했다면, 뛰어난 실력의 고위 마법사가 있다는 의미였다.

'제길, 어쩐지 나 같은 녀석한테 너무 대놓고 투자한다 싶더라니! 유력 가문답게 뒤쪽으로 다른 고위 마법사를 데리고 있었다는 건가? 나는 보여주기식이었고?'

객관적으로 본다면 그럴 리가 절대 없었지만, 이미 그간의 일들과 자신을 거둬준 은혜에 배신을 했다는 생각을 갖고 있던 김택용이기에 지금 확인된 사실은 그가 마음에 지닌 무거운 짐들을 한결 가볍게 해줄 좋은 변명거리였다.

'그래도… 아직 진짜 마법사 본인의 개입인지, 아니면 내가 모르는 특수한 방어 장치의 위력인지 확실하진

않으니⋯⋯.'

썩어도 준치라고나 할까. 가슴에 담은 마음의 짐이 당장에 자신을 키워준 서가를 비난하고 그들을 배신한 김택용 자신을 불쌍히 여기라 말하고 있지만, 마법사인 김택용은 정황상 드러난 심증보단 조금 더 확실한 증거를 원했다.

그리고 그때, 간간이 들려오는 신음 소리 외엔 한없이 조용하던 이곳에 이질적인 한마디가 그의 귓가를 간질였다.

"⋯⋯괴물."

고용인들 중 한 명의 작은 중얼거림이지만, 이곳의 상황은 그런 작은 중얼거림조차도 크게 들리게 하기에 충분했다.

'괴물? 괴물이라니, 누가?'

김택용은 재빨리 목소리의 주인공을 찾아 고개를 돌렸다.

하지만 그의 고개가 자신을 향하는 것을 느꼈는지, 괴물이 누구를 말하는 것인지 김택용이 알아채기도 전에 같이 고개를 돌려 버렸다.

그런 고용인의 모습을 보며 내심 혀를 찬 김택용은

지금 당장 달려가 직접 묻기에는 현재의 분위기가 좋지 않기에 다음을 기약하며 고용인의 얼굴을 유심히 살펴 기억해 뒀다.

하지만 그때, 그런 김택용의 복잡한 과정을 일축시켜 주는 인물이 있었다.

"당신! 괴물이라니! 그게 저흴 구해준 사람한테 할 소리인가요?"

"히익!"

또랑또랑한 목소리 뒤편으로 작은 떨림이 있었지만, 소녀의 당당한 목소리는 그 미묘한 떨림을 감추기에 충분했다.

"아가씨……."

"당신들도 마찬가지예요!"

서보람은 각자 복면인들이 던져 놨던 그 자리에 앉아 우물쭈물거리며 더 이상 아프지 않을 상처를… 아니, 상처였던 곳을 부여잡고 신음을 흘리는 이들을 향해 외쳤다.

"당신들! 당신들은 모두 죽을 뻔한 상황에서 구원을 받은 거예요! 본래 지금 이 순간 여러분은 저 무뢰배들의 총에 죽었을지도 모른다구요! 그런데 그런 당신들을 구해주고, 심지어 마법으로 치료해 준 사람을 두고 괴물이라니!"

악에 받친 듯 외치는 그녀의 목소리는 그들을 향한 듯했으나, 기실 자신에게 하는 말이기도 했다.

현우가 손을 들고 그녀를 치유하고자 다가왔을 때, 저도 모르게 겁을 먹어버린 자신을 지탄하고, 조금이라도 마음의 죄책감을 덜고자 자신과 같은 모습을 하고 앉은 이들에게 화를 내는 중이었다.

"여러분이 지금 해야 할 일은 그 자리에 주저앉아서 아프다고 징징거리는 게 아니라 지금 당장 자리에서 일어나서 현우 오빠를 침대에 눕히고 여기 이곳의 난장판을 정리하는 겁니다!"

움찔!

매섭게 쏘아오는 서보람의 시선이 각자 자리에 앉아 있는 고용인들의 얼굴을 스쳐 지나갈 때마다 눈이 마주친 이들이 전부 움찔, 몸을 떨었고, 이내 하나둘 자리에서 일어나 주섬주섬, 엉망이 된 1층을 정리하기 시작했다.

물론 그럼에도 불구하고 현우에게 다가오는 이들은 한 명도 없고, 시체를 치우는 이들조차 미리 경호 인력으로 배치되어 있던 몇 명뿐이긴 했지만⋯⋯.

"이⋯ 이익!"

그렇게 소리를 질렀음에도 여전히 현우에게 다가오는 사람이 단 한 명도 없는 것을 보며 다시 한 번 입을 크게 벌리려던 그녀였지만, 이내 입술을 깨물며 분을 삭였다.

그녀로서도 저들의 기분을 이해하지 못하는 것은 아니었다.

사람의 몸을 아무렇지 않게 터뜨려 버리고 잔인한 방법으로 단숨에 수십 명의 목숨을 앗아가는 모습을 보았는데, 그런 무서운 사람이 우리 편이라고 한들 쉽게 다가갈 수 있다면 그건 어지간한 강심장이나 철면피가 아니고선 힘든 일일 것이었다.

어쩌면 그녀조차도 만약 현우가 생면부지의 낯선 사람이었다면, 기절한 그의 머리가 자신의 허벅지 위로 떨어져 내릴 때 필사적으로 피했을지도 몰랐다.

그가 직접 고쳐 준 다리로 말이다.

그녀는 창백하게 변한 얼굴로 자신의 허벅지 위에 머리를 대고 있는 남자의 윤기 없는 피부를 쓸어내리다가 움찔, 몸을 떨었다.

현우의 머리칼을 쓸어내리다가 그 머리칼이 은색으로 변했을 때 그녀의 눈앞에서 사람이 터져 나가던 모습을 다시 떠올린 탓이었다.

도리도라—

머리를 흔드는 것으로 계속해서 떠오르는 머릿속의 장면을 흩어낸 서보람은 멍하니, 그리고 멀뚱히 서 있는 김택용을 불렀다.

일단 현우를 어디로든 데려가 편히 쉬게 하고 싶은데, 그녀의 힘으론 그게 불가능했기 때문이다.

그때, 잠시 사라졌던 아나피가 다시 홀로 들어왔다.

"어…떤가요, 그분은?"

"엣? 아, 아나피 양?"

"어딘가 다치신 건가요……?"

걱정스런 표정으로 다가온 아나피는 조심스레 현우의 몸 상태를 살피며 물었다.

"그… 아마 외상은 없을 거예요. 다치는 모습은 못 봤으니……. 그런데 조금 전에 마법을 사용하다 기절해 버렸거든요."

"마법을……? 어떤 마법을 사용하셨길래 이분이 마법을 사용하다 기절을 하셨나요?"

아나피의 머릿속엔 이미 현우가 드래곤과 동격의 존재라 인식된 상태였기에 그가 마법을 사용하다 기절했다는 말이 선뜻 이해가 가지 않았다.

"제가 마법에 대해선 잘 모르지만… 일단 몇 분간 마법을 난사하면서 싸웠고… 적들을 다 처치하고는 저희에게 레저렉션이란 회복 마법을 사용하시곤 기절했어요."

"레저렉션!"

레저렉션이라 함은 7클래스의 대인 회복 마법. 탁월한 치유 효과와 그만큼이나 막대한 마나 요구량 때문에 오랜 세월 속에서 7클래스에 등극한 마법사가 여럿 있는 엘프 족 중에서도 꽤나 소수만이 사용할 줄 아는 마법이었다.

'그런 마법을 여기에 있는 전원에게 사용했다는 말이야? 역시 이분은…….'

드래곤이란 존재를 비현실적이라 믿고 있는 세상에서 마땅히 비교할 대상이 없기에 아나피는 말을 줄였지만, 이로써 아나피에게 있어 현우는 진정으로 드래곤이라 인식되고 말았다.

어쨌거나 마법의 이름을 듣고 놀란 표정을 짓는 아나

피와 멀뚱히 서 있다가 마찬가지로 마법의 이름을 듣고 놀라는 김택용의 반응에 이번엔 서보람이 묻지 않을 수가 없었다.

"그게… 어떤 마법이길래?"

"그건…….."

아나피는 대답하길 망설였다. 그녀가 현우와 약속하길, 현우 스스로가 마법사임을 밝히기 전까지 그 사실을 함구하는 게 약속의 내용이었다.

지금 상황은 현우가 분명 마법사임을 드러낸 상황이긴 하지만, 서보람의 반응을 보건대 그 자신의 상황 같은 걸 명확히 설명하거나 한 것은 아닌 것 같았다.

그렇다면 과연 그녀는 서보람에게 현우의 마법 경지를 유추할 수 있는 중요한 설명을 해줘도 되는가에 대해 고민할 수밖에 없었다.

그때, 김택용이 한 발 앞으로 나섰다.

"정말… 정말 레저렉션이라고 했단 말입니까? 그리고 이 복면인들을 다 죽인 게 그자… 그 남자구요?"

어쩐지 굉장히 흥분한 듯, 혹은 분노한 듯 보이는 이질적인 김택용의 모습에 알 수 없는 불안감을 느낀 서보람이 슬쩍 외면했지만, 그녀로선 딱히 그가 하는 질문에 대답하지 않을 이유가 없었다.

"네."

그녀의 확답에 김택용은 주춤, 다가가 기절한 현우의 머리통을 움켜잡았다.

"이 녀석… 아니, 그가 정말로… 레저렉션을… 그리고 여기 이 녀석들을……."

어쩐지 소름 끼치는 그의 표정에 서보람은 현우의 머리통을 쥐고 있는 그의 손을 뿌리칠 생각이었지만, 곧장 이어진 설명에 그녀도 잠시 멈칫할 수밖에 없었다.

"아가씨… 레저렉션… 그 마법은 말입니다, 자그마치 7클래스의 마법입니다."

움찔.

서보람은 마법에 대해선 문외한이지만, 최소한의 교양을 위해 상식선의 정보는 대략적으로 알고 있었다. 그럼에도 믿겨지지 않았기에 그녀는 되물었다.

"7… 클래스라면?"

"최소한… 역대 인간 마법사 중에는 단 한 명도 이룩하지 못한 경지죠. 심지어 레저렉션이란 마법 자체도 엘프 중 7클래스 마법사가 있다는 사실과 그들이 사용하는 마법에 대한 정보가 전해져 알려졌기에 그 마법의 실체를 아는 사람은… 최소한 인간 중엔 없습니다."

"그…런……."

현우가 사용한 마법이 인간이 사용할 수 없는 마법이란 말을 듣고 서보람은 순간 혼란에 빠졌다.

혹여 잘못 들은 것은 아닐까?

다시금 떠올리고 싶지 않은 기억까지 끄집어내 되새겨 봤지만, 분명 현우는 레저렉션이란 마법을 사용해 그녀와 사람들을 치료해 주었다.

순간, 그녀의 머릿속으로 누군가 중얼거렸던 한마디가 스쳐 지나갔다.

"괴물."

흠칫!

그 단어가 가진 의미에 거부감을 느끼며 살짝 몸을 떤 서보람은 도움을 갈구하는 표정으로 아나피를 올려다봤다.

"……."

하지만 아나피 역시 그에 대해선 할 말이 없었다.

거짓을 말하지 못하는 종족이니만큼 그녀의 한마디

는 이 상황에서 여러 가지 기능을 할 수 있었기에 말을
조심해야만 했다.

그때, 오히려 7클래스 마법에 대해 말했던 김택용이
다시 입을 열었다.

"주문을… 아니, 시동어가 같은 다른 마법일 수도…
있습니다."

그의 목소리엔 회한, 그리고 현실을 부정하고자 하는
패배자의 절실한 바람이 녹아들어 있었다. 하지만 그것
만으로도 서보람에겐 충분했다.

"그, 그래요! 분명 그럴 거예요. 7클래스라니… 현
우 오빠가 그런 괴…물 같은 것은 아닐 테니까요."

'인간은 나약하군.'

김택용의 어처구니없는 이의 제기에 내심 고개를 흔
든 아나피였다.

서보람과 김택용은 자신들이 감당할 수 없는 미지의
존재에 대해 현실 부정으로 맞서고 있었다. 서로 맞장
구를 치며 현우의 진정한 실력을 외면하고 있지만… 그
들의 대화를 통해 아나피는 확신했다, 현우가 7클래
스… 아니, 어쩌면 8클래스 급의 어마어마한 대마법사
라는 것을.

'7클래스의 레저렉션을 이렇게 광범위하게, 그것도 동시에 여러 명에게 적용할 정도라면… 단순 마나 소모량만으로도 8클래스에 근접하는 수위야. 게다가 그전엔 약하다곤 하나 20명이나 되는 적들을 상대했다고 했고, 시체의 파괴 흔적만 봐도 고위 마법이 사용되었다는 건 분명하니… 7클래스 마스터 내지는 8클래스에 턱걸이하는 마법사라고 할 수 있겠어.'

8클래스라니!

그것은 정말 대단하다는 표현으로도 부족한, 진정한 신인의 경지였다.

역대 엘프의 역사 속에서도 8클래스에 등극한 존재는 한 손이 과할 만큼 적은 수였으며, 그것도 아주 옛적, 고대에나 존재했던 일이라 역사서에 알려져 있었다.

어쩌면 역사가 만들어낸 허구의 인물일 수도 있었다.

그런데 지금, 그녀의 눈앞에 있는 이 인간 남자가 그런 신화 속 인물일지도 모른다고 생각하니 어쩐지 아나피는 가슴이 뛰었다.

그녀가 모시는(?) 남자가 이 세상 최강의 존재이자 새로운 신화가 될지도 모르는 존재라고 생각하니… 출처를 알 수 없는 감정이 그녀의 가슴을 벅차게 했다.

아나피는 여전히 현우의 머리통을 잡은 채 횡설수설 떠들고 있는 김택용과 그의 말에 얼씨구나 장단을 맞추고 있는 서보람을 슬쩍 흘겨보고는 이내 김택용의 손을 쳐냈다.

찰싹!

"그만. 수다는 거기까지 하고, 일단 현우… 씨를 다른 곳으로 옮기도록 하죠."

저도 모르게 현우에게 존칭을 붙일 뻔한 아나피는 본능을 가까스로 억누르며 바닥에 불편한 자세로 엎드린 현우를 안아 들었다.

'가볍다.'

아직 어린 나이라곤 하나 남성의 몸인데 이토록 가벼울 수가…….

아나피는 현우를 안아 든 양팔에서 느껴지는 깃털 같은 무게감에 놀라는 한편, 조금은 불안한 눈동자로 현우를 쳐다보고 있는 서보람을 향해 냉막한 표정으로 물었다.

"침대는 어디에 있습니까?"

서보람이 움찔, 자라목을 했다.

2.
소실

"······실패?"

"······그렇습니다."

"할 수 있다고 단언한 게 아니었나?"

"······면목 없습니다."

퍽.

"······."

부탑주는 고개를 숙인 채 아무 말도 않는 남자를 보며 작게 한숨 쉬며 물었다.

"그래··· 원하던 큰 소동은 못 일으켰더라도 그만한 인원이 간 이상 무언가 소득은 있겠지?"

우물쭈물.

"그게……."

평소 단호하고 명확한 대답을 하던 것과 달리 어쩐지 대답하기를 꺼리는 듯 우물거리는 남자를 보며 부탑주는 인상을 찌푸리며 다시 물었다.

"그 이하인가?"

"……예."

벌떡―

그의 보고를 들으며 한숨 쉰 부탑주는 앉아 있던 자리에서 일어나 그로부터 등을 지고 섰다.

그런 부탑주의 등으로부터 무언의 압력과 자신에 대한 신뢰가 많이 옅어졌음을 느낀 그의 얼굴이 창백해졌다가 이내 이어지는 물음엔 아예 사색이 되고 말았다.

"소중한 전력을 쓸데없이 낭비했군……. 그래, 얼마나 돌아왔나?"

부탑주가 내준 인원은 20명. 얼마나 죽었냐고 물어볼 수도 있지만, 부탑주는 그러지 않았다.

비록 부탑주 입장에선 말단에 불과하지만, 오랜 시간 함께 일한 식구의 죽음은 언급하기조차 꺼려졌기 때문이다.

그리고 사색이 된 남자는 입술을 질끈 깨물며 다시
한 번 대답하길 망설였다.

"……."

"……."

무언의 대답 속에 불안함을 느낀 부탑주는 목구멍으
로 차오르는 분을 삭이며 다시 한 번 대답을 재촉했다.

"내가 물었잖나, 얼마나… 돌아왔냐고."

"그게……."

부탑주의 물음에 결국 입을 연 남자는 다시 한 번 대
답을 망설이다 폐부 깊은 곳으로부터 토해내듯 무거운
한숨 속에 대답을 담았다.

"전멸…했습니다."

꿈틀.

대답을 들은 부탑주는 말이 없었지만, 꿈틀거리는 그
의 등이 그의 지금 기분을 알려주는 듯했다. 비록 남자
는 등을 돌린 부탑주의 얼굴을 볼 수는 없었지만, 지금
표정이 썩 좋지 않으리란 건 쉽게 예상할 수 있었다.

"……."

그렇게 한참 동안이나 말이 없던 부탑주는 이윽고 고
개를 돌려 남자를 봤다.

스윽—

"우윽!"

저릿저릿—

그저 몸을 돌려세운 것뿐인데 마주한 남자는 자신의
심장 위로 찬란히 빛나는 여섯 개의 서클이 금방이라도
부서질 듯 흔들리는 것을 느꼈다.

'이것이… 진짜 7클래스의 압력……!'

부탑주로부터 쏟아져 나오는 거대한 마나의 압력은
도저히 사람이 견딜 만한 것이 아니었다.

만약 남자가 6클래스라는 높은 경지에 오르지 않았
다면 진즉에 가슴에 두른 모든 것을 강제로 포기해야
했을 테지만, 얼마 전 부탑주에게 직접 사사한 공부를
통해 서클을 더욱 견고하게 한 남자였다.

일평생 쌓아온 또 다른 '나' 가 무너질 듯한 압박감
에 숨도 쉬기 힘든 남자였지만, 포기하는 것만큼은 필
사적으로 참아내었다.

지금 만약 이 이상 부탑주의 눈에서 벗어나는 추태를
보였다가는 그가 아무리 소중한 전력이고 귀중한 인적
자원이라도 목숨을 장담할 수 없을 터였다.

물론 부탑주의 성격이 임무 실패 한 번에 단숨에 주

변인을 쳐 죽일 만큼 잔혹하진 않지만, 이번 작전의 피해가 너무도 큰데다가 이번 일 자체가 그의 주도로 이루어진 만큼 사실상 이번 일의 모든 책임은 남자에게 있는 것이나 마찬가지였으니 이미 죽었어도 이상할 일이 아니었다.

바들바들.

똑똑—

식은땀이 턱 선을 타고 바닥으로 떨어지기를 수차례.

부탑주가 물었다.

"우리 측 정체가 노출됐을 확률은?"

"…저, 전무합니다……."

"확신하나?"

"미, 미리 생포될 경우에 대해 교육과 훈련을 했고… 충성심을 생각해 볼 때… 그들이 저희에 대해 말했을 가능성은 전혀 없습니다."

고통 속에서도 바로바로 반응하는 남자를 보며 눈매를 가늘게 한 부탑주가 이내 마나를 거둬들이고는 남자에게 다시 물었다.

"어떻게 된 건지… 자세히 설명할 수 있도록."

필사적으로 신음성을 감추면서 가슴에 큰 기복을 내

보이며 숨을 몰아쉬던 남자는 굳은 표정으로 눈을 질끈 감으며 말했다.

"그게… 죄송합니다. 흡!"

자신의 대답에 곧장 쏟아질 마나의 압력에 조금이라도 수월하게 버텨보고자 숨을 들이마신 남자였지만… 어째선지 남자에게 마나의 압력은 전혀 전해지지 않았다.

"……."

깜—빡.

질끈 감았던 눈을 살포시 뜨자 바로 앞에서 마주친 것은 부탑주의 시선.

급히 고개를 돌린 남자는 이내 못마땅하다는 표정으로 본래 자리로 돌아가 앉은 부탑주에게 핀잔을 들어야 했다.

풀썩!

"흥, 젊은것이 그렇게 겁이 많아서야. 마법은 근성만으로 되는 게 아니야."

"예……? 아, 예. 명심하겠습니다."

일순 이해하지 못하고 반문했던 남자는 그게 자신을 크게 나무라는 내용이 아니고, 말을 하는 부탑주의 얼굴엔 불만이 녹아 있을지언정 화가 나 보이지 않는다는 것에 크게 안도하며 대답했다.

하지만 부탑주는 여전히 못마땅한 얼굴이었다.

"그래… 자네가 자세히 설명할 수 없을 정도라면… 이번 일은 불가항력이었다는 것일 테지."

"……."

"하지만… 비록 자세한 내용은 알 수 없어도 어느 정도 유추는 가능한 게 아닌가. 검증 안 된 것들뿐이겠지만, 일단 가능성이 있는 것들을 읊어보게."

"예, 옛!"

부탑주의 말마따나 남자로선 필사적으로 조사했지만, 정황상의 결과 정도밖엔 되지 않는 것이 그가 오늘 부탑주에게 보고를 하기 위해 준비한 것이었다.

비록 불확실한 정보이긴 해도 드디어 아는 주제의 질문이 나왔다는 것에 남자는 속으로 기뻐하며 부탑주에게 자신이 생각하던 바를 읊었다.

"먼저… 보냈던 이들로부터 보고가 완전히 끊긴 것은 9시경이었습니다. 본래 작전이 실행되기 전에는 30분 간격으로, 작전 진행 중에는 10분 간격으로 정기 보고를 하고, 그 외에 추가 보고를 수시로 하도록 했습니다. 그리고 가장 마지막 보고는 9시 50분이고, 이전에 9시 40분에도 보고를 보냈으니 작전은 제대로 실행된 게 맞습니다."

"······보고 내용은?"

"9시 30분에는 돌입 승인 보고였고, 40분에는 저택의 위에서부터 침입해 2층까지 대략적인 수색 및 점령이 끝났다는 보고였습니다, 50분에는 1층까지 저택 전체를 점거했다는 보고였고, 저택의 모든 사람을 1층에 모아뒀다는 보고도 함께 왔습니다."

"······거기까진 이상이 없군,"

미간을 좁히며 남자의 보고를 듣던 부탑주가 이해할 수 없다는 듯이 중얼거리자 남자는 곧장 맞장구치며 말했다.

"네. 하지만 문제는 그 이후로 보고가 전혀 없다는 점입니다."

"······그 시간에 저택에 있던 전력은?"

여전히 찌푸린 표정을 지은 부탑주의 물음에 남자는 이번에는 자신 있게 대답했다.

"저택의 고용인 중 총을 소지한 남자가 세 명, 저클래스의 마법과 총을 휴대한 여자 위장 경호원이 다섯

명 있었고, 당시 저택에 있던 서가의 딸이 보호 마법이 걸린 아티팩트를 착용한 게 다였습니다."

"저택 자체의 방비는 상당히 허술했군……. 딸이 아티팩트를 지니고 있던 것은 꽤 놀라운 일이지만 말이야."

"네. 심지어 그 아티팩트는 총을 세 발이나 막아냈다고 하더군요."

"……총을?"

이번에는 진짜로 놀랐다는 듯 동그랗게 눈을 뜬 부탑주가 되묻자 확실한 정보에 꿀릴 게 없는 남자는 시원하게 고개를 끄덕였다.

"예."

끄덕—!

남자는 후련한 표정으로 대답했지만, 반대로 부탑주의 표정은 꽤나 심각해졌다.

그도 그럴 것이, 총알을 막는 실드 마법은 2, 3클래스 수준의 마법사가 새길 수 있는 것이 아니었다.

비록 이번 임무에 투입된 인원들이 살상을 목적으로 한 게 아닌 만큼 상대적으로 위력이 낮은 무기를 가지고 갔을지도 모르지만, 그렇다 해도 이는 대단한 일이었다.

마법사 본인이 마법을 펼친 것도 아니고, 총알을 막을 수 있을 정도의 방어 마법을 아티팩트에 새겨 넣다니. 얼마 전, 현우 덕분에 알게 된, 효율을 극대화시키는 마법진이 아니었다면 부탑주조차도 상대의 능력에 혀를 내둘렀을 것이다.

효율성 강화 마법진들을 보기 전이었다면 부탑주조차도 그만한 마법을 아티팩트로 사용하기 위해서는 못해도 솥뚜껑만 한 매개체가 있어야 한다고 생각했을 테니 말이다.

하지만 상식적으로 그런 아티팩트를 상시 지니고 있을 리 없으니, 상대 역시 마법진의 효율 따위를 늘리는 연구를 한 고위 마법사일 경우가 이를 통해 생겨났다.

물론, 아티팩트를 돈으로 구했을 가능성도 상당히 높지만⋯ 상대에게 고위 마법사 인맥이 있을지도 모른다는 의심을 갖기에는 충분한 증거였다.

'흠, 고위 마법사라⋯ 6클래스 정도 마법사라면 가능하겠군.'

물론 그보다 더 낮거나 더 높을 수도 있겠지만, 효율 강화 마법진이란 게 천재인 현우가 요 근래에 만든 오리지널 테크닉이라고 부탑주는 철석같이 믿었다.

그러니 아티팩트의 제작자는 실드 마법 자체를 연구해 축소화하거나 현우처럼 마법진 간소화와 관련한 연구를 했을 사람이라는 가정하에 그만한 마법 실력과 마법을 연구하는 데 많은 시간을 쏟았을 연륜이 있는 6클래스의 마법사들일 거라는 생각이었다.

"국내에 6클래스 마법사가 얼마나 있지?"

"예? 아, 그… 약 네 명가량이 있습니다."

"그럼 그중에 서가와 접점이 있는 녀석이 있는지 한번 조사해 보도록."

"옛!"

그렇게 조그마한 힌트를 찾아낸 부탑주는 남자에게 조사를 명하고 곧장 고개를 까딱거려 나머지 보고를 재촉했다.

"그래, 마저 말해보게."

"넷! 우선 이번 일에 대해 대대적으로 알려진 것은 아니지만, 고위 경찰 관계자나 국정원 쪽에서는 조사팀을 꾸리는 중이라고 합니다. 즉, 생포된 인원은… 없는 것 같습니다."

"흠……"

다시 한 번 목숨을 잃은 이들에 대한 말이 나오자 분위기가 조금 가라앉았지만, 남자는 부탑주의 침음성을 애써 무시한 채 말을 이었다.

"여기서 특이한 점은… 서가 측에서 국정원과 경찰 측에 저희 애들을 막아낸 게 김택용… 그 녀석이라고 말하고 있다는 겁니다."

"김택용……?"

"네. 본래 2클래스 마법사로, 저번 엘프 소환 등을 통해 지금 4클래스에 오른 마법사입니다. 그리고……."

"그리고?"

말을 조금 끄는 남자의 행동에 호기심이 생긴 듯, 부탑주가 따라 말하자 조금 여유를 되찾은 남자가 작게 웃으며 말했다.

"저희에게 엘프의 행선지를 가르쳐 주고 있는… 말하자면 저희 쪽 사람입니다."

"후후, 배신자로군. 그리고 서가에서 무언가 숨기고 있다는 말이기도 하고."

"네. 복수심과 향상심으로 이글거리는 것을 저희가 조금 도와주고 부추겼습니다. 본래 끌어들인 이유도 딱히 없고, 서가의 지원을 받는 마법사이니 안면이나 익혀놓고자 한 것이었는데… 어쩌다 보니 이번 엘프의 수행 마법사로 뽑혀 요긴하게 써먹는 중입니다. 물론 결과적으로 이번 작전에선 미리 행선지를 파악해 주는 일 외엔 전혀 관계가 없었습니다만… 제대로 계획이 진행되었다면 김택용이 엘프를 배신하기로 되어 있었습니다. 그 대가는 저희 측의 도움이고요."

"그런 녀석이 있었다면 이번 일을 꽤 자신했을 만하구만……. 그렇담 그 녀석으로부터 들어온 정보는 없나?"

"네, 아쉽지만 현재로선……. 다만, 확실히 무언가 감춰둔 비밀 병기 같은 게 있는 것은 틀림없습니다. 김택용도 이에 관해선 제대로 알지 못하는 것 같았지만… 태도를 보건대 의심 가는 것이 있긴 한 듯했습니다."

"의심 가는 것?"

흥미가 동하는 듯 부탑주가 의자를 당겨 앉는 것을 보곤 너무 큰 기대를 갖기 전에 말릴 심산으로 남자가 말했다.

"네. 하지만 김택용 본인도 확신하지 못하는 눈치였습니다."

남자의 대답에 눈살을 찌푸린 부탑주가 다시 의자 등받이에 몸을 기대며 말했다.

"우린 하나의 정보라도 아쉬운 상황이 아니었나?"

"네. 하지만 서가의 지원을 받는 이들 중 최근 가장 두각을 드러내기 시작한 게 김택용이니, 그 중요도가 있는 이상 어떻게든 이번 일과 관련한 자세한 정보를 알게 될 확률이 높습니다. 그렇다면 괜히 저희 쪽에서 나서서 매달리는 모습이 되는 것보다는 김택용이 알아서 정보를 가져다 바치는 모습이 되는 게 여러모로 좋을 거라 생각해 직접 언급하지는 않았습니다."

"……그건 너무 운에 맡기는 것 아닌가?"

"보기에 따라선 그렇긴 합니다만… 어쨌거나 이번 일의 가장 큰 원흉인 김택용으로선 저희를 배신할 수도 없거니와, 그가 그토록 원하는 상위의 마법과 그 가르침이 저희의 손에 있는 이상 확실한 정보를 알게 되면 알아서 가져와 바치게 될 것입니다."

"흠, 그래……."

확신에 찬 남자의 말에 턱을 쓰다듬은 부탑주는 문득 생각났다는 듯 물었다.

"혹시 김택용이 우리를 이용해 먹을 생각으로 오히

66   언령의
      주인

려 미끼를 써서 우리 애들을 함정으로 몰아넣은 것은 아닌지 확인해 봤나?"

"네. 확실히 그 부분도 생각해 보았고, 조사도 해보았지만… 애당초 그런 함정을 파기엔 김택용이란 녀석은 그리 담이 센 인간이 못 됩니다. 게다가 마법 실력역시 20명이나 되는 저희 인원을 상대하기엔 턱없이모자라구요. 그리고 김택용이 저택으로 진입한 시간은약 9시 55분경, 엘프를 대동한 상태였습니다. 만약 전투가 벌어졌다면 엘프가 나섰을 것이고, 그것이 저희의계획이었던 만큼 김택용이 뒤통수를 치는 것으로 마무리되었을 겁니다. 하지만 그렇지 않았다는 것은… 그들이 들어갔을 때 이미 상황이 끝나 있었다는 의미입니다."

"즉, 약 5분여 만에 우리 측 인원 20명을 처리한무언가가 있었다는 말인가?"

"믿기진 않지만 정황상 그렇습니다."

"흠……."

고위 마법사의 존재 가능성이 확인되었을 때보다도더 깊은 침묵이 흘렀다.

그리고 얼마 뒤, 부탑주가 한 가지 의문을 제기했다.

"만약 이번의 교류 엘프가… 우리 예상을 벗어난 수준의 마법사라면? 그 결과가 우리 측 인원의 전멸이었고, 김택용… 그 수행 마법사의 배신마저도 연기된 것이었다면?"

만약 그렇다면 그것은 정말로 심각한 문제였다.

엘프 측에서 마탑의 계획을 이미 알고 있었다는 의미임과 동시에 마탑의 정체가 외부로 노출될 가능성이 있으며, 설령 두 가지의 가설 중 엘프가 마탑의 예측 범위를 뛰어넘는 강자라는 사실만 맞더라도 마탑으로선 많은 계획을 선회할 필요성이 있었다.

"그건 절대 아닙니다."

"……확신할 수 있나?"

"네."

끄덕—

확실하다는 듯 부릅뜬 눈으로 크게 고개를 끄덕이며 대답하는 남자의 얼굴은 믿음직스러웠지만, 어제도 그런 그의 얼굴에 20명을 보냈다가 전멸을 당하는 큰 출혈을 감수하지 않았던가.

부탁주는 남자에겐 알겠다는 듯 고개를 끄덕여 보이면서 동시에 만약의 경우에 대한 여러 가지 대응을 떠올리기 시작했다.

그에게 보고하는 남자가 충직한 부하이고 분명 믿을 만한 인물이라는 것은 틀림없지만, 이번 실패는 그가 오래도록 쌓아 올린 신뢰마저 무너뜨릴 만큼 커다란 피해를 줬기에 부탑주로서도 순순히 믿고 있을 수만은 없었다.

그렇게 가장 신뢰하던 부하 하나를 잃은 부탑주는 자잘한 추가 보고를 더 들은 뒤, 그를 물렸다.

그러고는 남자의 기척이 멀어진 것을 확인하자 이내 앉은 자리에서 주문을 외웠다.

"세상을 비추는 거울. 이 순간 내 앞에 현현할지니, 미러!"

미러 마법은 지금 시대의 화상 통화처럼 멀리 있는 상대방과 얼굴을 마주 보고 대화를 할 수 있게 해주는 통신 마법으로, 전화기가 존재하는 현대의 마법사들 사이에선 거의 사용되지 않는 마법이지만, 도청당하거나 수신, 발신지를 들킬 가능성이 있는 전화와 달리 절대적인 안정성을 보장하기에 보안을 요하는 곳에서 일하는 사람들은 필수적으로 익히고 있는 마법 중 하나였다.

7클래스 마스터인 부탑주답게 간소화한 주문과 시동어만으로 미러를 불러낸 그의 눈앞에 얼마 안 가 회색의 칙칙한 후드를 뒤집어쓴 누군가의 모습이 비쳐졌다.

부탑주는 살짝 고개를 숙여 상대에게 예를 취하며 말했다.

"오랜만이오, 탑주."

─……이거, 부탑주님이군요. 지난번 엘프 소환 이후로 한동안은 연락할 일이 없을 거라고 생각했는데… 무언가 급히 하실 말씀이라도?

"음… 실은 어제 교류 엘프를 납치하려던 계획이 실패해 탑의 인원 20명이 죽었소. 즉흥적인 계획이었던 만큼 그런 경우를 아예 생각지 못한 건 아니지만, 탑주의 승인도 없이 나의 독단으로 계획을 허가하여 탑의 소중한 재원을 20명이나 잃었으니 이렇게 용서를 구하외다."

그렇게 말하며 자리에서 일어나 무릎을 꿇는 부탑주였다.

그 모습을 거울 너머로 지켜보던 탑주는 무릎까지 꿇은 부탑주의 모습에 호들갑을 떨며 손사래를 쳤다.

─어휴, 부탑주님이 무릎을 꿇으시다뇨. 그럴 필요

전혀 없습니다. 고작 '부하' 20명 잃은 걸로 무릎을 꿇으시면 제가 몸 둘 바를 모르겠습니다. 게다가 독단 이라뇨. 제가 분명 마탑을 나서기 전에 제가 없는 동안 마탑의 모든 권한과 권리를 부탑주님께 양도한 것으로 아는데요. 탑에 있는 '것들' 을 어떻게 사용하든 전혀 문제없습니다.

"……그렇구려."

자신과 달리 마탑의 인원 수십이 죽은 것에 대해 아 무런 문제도 없다는 듯 행동하는 탑주의 말에 살짝 미 간을 모았던 부탑주지만, 이내 눈매를 원래대로 돌리고 아무 일 없다는 듯 대답했다.

"그렇다면 다행이구려. 아무래도 재물들은 모으기 쉽지만 인적 자원은 구하기 어려워서 탑주께 어떻게 용 서를 구할까 생각했는데… 그렇게 생각하고 계신다니, 저로선 안심이 되는 말이외다."

—하하, 앞으로 걱정 말고 마음껏 쓰셔도 됩니다. 어 차피 저희 마탑은 저와 부탑주님만 있으면 되는 곳이니 까요.

"흠… 뭐, 틀린 말은 아니지만……."

—후후, 알고 계시니 다행입니다. 그러니 저희 마탑

에서 가장 중요한 부탑주께선 항시 몸을 아끼시고 되도록 귀찮은 일들은 모두 아랫것들에게 맡기시기 바랍니다. 어차피 그럴 용도로 모아온 것들이 아니겠습니까?

탑주의 태연한 말에 부탑주는 순간 울컥, 입 밖으로 무언가 튀어나오려던 것을 끝끝내 씹어 삼키고 말했다.

"그렇다면 더 이상 이 부분에 대해선 걱정하지 않도록 하지… 탑주께 괜한 말로 심려를 끼쳐 드렸소."

─하하, 아닙니다. 부탑주님의 걱정도 이해가 안 되는 것은 아니니까요. 어쨌든 얼마 전에 엘프 소환에도 성공하셨고, 부탑주님께서 워낙 잘해주고 계시니 제가 이렇게 모두 맡길 수 있는 것 아니겠습니까? 그러니 엘프를 이용하는 계획도 세울 수 있는 것이고 말이죠.

"네… 뭐, 원래 목표했던 것을 소환했다면… 조금 더 쉽게 목적에 다가갔을 텐데… 탑주껜 정말 면목 없구려."

─아뇨. 비록 예정된 것은 아니지만 분명 부탑주께선 소환에 성공하셨고, 그 결과 '생명체'가 세상에 편입되었을 때 일어나는 현상도 조사할 수 있었으니… 부

탑주께선 죄송하실 필요가 없습니다. 일단은 소환된 엘프를 최대한 활용하면 되고… '그까짓 소환 마법', 다음번에 성공하면 될 일이죠.

탑주의 말에 이번엔 조금 눈에 보일 만큼 그의 눈썹이 모였다.

탑주가 그까짓 소환 마법이라고 표현한 것은 오랜 시간에 걸쳐 쌓아 올린, 부탑주를 비롯한 마탑의 많은 이들의 염원이자 목적이었다.

하지만… 부탑주는 자신의 불만이나 기분을 곧장 탑주에게 고해 바칠 만큼 멍청하지 않았다.

대신 마탑이 진정으로 원하는 것을 되새겨 줬다.

"알겠소. 다음번엔 반드시 '몬스터' 를……"

―후후, 좋은 소식 기대하고 있겠습니다.

거울 너머로 다시금 결의를 다지는 부탑주의 모습이 마음에 들었는지 탑주라 불린 사내는 활짝 웃는 모습으로 미러의 통신을 종료했다.

츠즈즛!

파창!

미러에 비쳐지던 얼굴이 사라지고 마법의 효과가 다하자 미러는 통신 중의 내용은 물론 통신 후의 흔적마

저 없애겠다는 듯 그 자리에서 깨지는가 싶더니, 이내 알알이 빛나는 빛무리가 되어 쏟아져 내렸다.

"……."

부탑주는 바닥에 가까워질수록 더욱 작은 알갱이로 쪼개지며 환상적인 연출을 보이는 미러의 잔해를 쳐다보면서 중얼거렸다.

"그것들… 그깟 마법이라……."

씁쓸한 표정으로 몇 가지 단어를 되뇌던 부탑주는 다시금 의자에 몸을 파묻으며 떠올렸다.

그는 원래부터 그런 사람이었다는 것을.

탑주가 원래 그런 사람이었음을 상기하며 그는 자신의 가슴에 남은 무거운 무언가를 합리화하기 위해 몇 번이고 되뇌었다.

그는 그런 사람.

원래 그렇다고.

이곳에 오기 전, 그곳에서부터 그는 많은 게 달랐다고… 부탑주는 그렇게 위안했다.

*   *   *

경사진 바닥을 통해 산이란 것만 짐작할 수 있는 우거진 숲 속.

은색의 넓은 판을 앞에 두고 대화를 하던 남자가 살짝 판으로부터 멀어졌다. 그리고 숲과는 어울리지 않는 이질적인 소리가 고요한 숲에 울려 퍼졌다.

파창!

"흐음… 기대했던 소식이 아니라 아쉽긴 하지만… 뭐, 부탑주 나름대로 노력하곤 있구만."

눈앞의 미러가 빛의 가루가 되어 흩어져 가는 것을 지켜보며 탑주는 그렇게 중얼거렸다.

여태껏 '그깟 소환 마법' 조차 제대로 성공시키지 못해 쩔쩔매고 있는 것을 보면 안타까우면서도 한심하기 짝이 없었지만… 어쨌거나 이번에 엘프를 옮겨오는 데 성공하기도 했고, 조금만 더 연구하면 그들만으로 저 세계의 몬스터들을 이쪽 세상으로 불러들일 수 있을 것이다.

'물론 내가 나선다면 더 쉽겠지만.'

만약 탑주 자신이 나서서 마법진을 만지기 시작한다면, 이미 엘프가 소환된 이상 무조건 다음 소환 때는 몬스터를 소환해낼 자신이 있었다.

하지만 그래서는 안 됐다.

'그것은 온전히 마탑의 마법사들과 부탑주에게 내려 준 일종의 과제. 마탑에 모아놓은 어중이떠중이들에게 소속감과 향상심을 심어주기 위해 설정해 준 목표니까… 그걸 내가 손대서 해결해 버리는 것은 곤란하지.'

특히나 부탑주가 자신이 단숨에 해내는 모습을 보고 혹여나 스스로의 실력에 회의감을 갖기라도 한다면 곤란했다.

탑주인 자신이 목표하는 바를 위해선 지금보다 더 성장해 주지 않으면 곤란했다.

물론 지금의 7클래스 마스터라는 위치도 그다지 낮은 실력은 아니지만, 이미 옛적에 7클래스를 넘어선 탑주에겐 햇병아리처럼 느껴질 뿐이었다.

'아직 계속 성장하고 있으니 조금은 기대해 봐도 좋을 테지.'

최종 계획에 있어서 부탑주의 능력은 중요한 열쇠였기에 그는 기대하는 바가 컸다.

게다가……

"누가 뭐래도 나랑 함께 날려 보내진 녀석들 중 하나니까 말이지."

씨익—

그렇게 말하며 짓는 비틀린 웃음과 눈동자엔 아련한 무언가가 떠올랐다 사라졌다.

찰나지간 눈앞에 스쳐 지나간 그 모든 것들을 떠올리며, 얼마 남지 않은 복수의 시간을 떠올리며 말라붙은 입술에 한껏 침을 발랐다.

"그래… 곧이야… 곧……."

탑주는 그 말을 끝으로 여태껏 소매 속에 감춰 들고 있던 기다란 쇠막대를 꺼내 주변 지형을 가늠하는가 싶더니, 어느 한 지점을 푹! 하고 찔렀다.

그 순간.

드드드드드드!

땅이 울리고 세상이 흔들리기 시작했다.

푸드득!

끼에에엑!

숲 속 곳곳에서 대지의 요동에 화들짝 놀라 튀어 오르는 수많은 짐승들이 보였다.

자신들의 삶의 터전이자 영원토록 변치 않으리라 믿었던 산이 몸을 떨고 그들을 뒤흔드는 데야 아무리 이곳에서 나고 자란 동물들이라도 버틸 재간이 없었다.

드드드드드드드!

어디에 그토록 많은 짐승들이 있던 것일까. 작은 놈부터 큰놈까지, 출구가 없는 이 위험한 곳에서 벗어 나가고자 우왕좌왕 뛰어다녔다.

그리고 그때.

드드드…… 뚝!

마치 지금까지의 흔들림이 거짓말이라도 되는 양 세상이 고요해졌다.

갑작스런 변화에 당황한 듯 산기슭의 우거진 수풀 사이에선 동물들의 불안에 떨리는 거친 숨소리만이 들릴 뿐이었다.

잠시 뒤.

득…드드드드득!

끼…끼에에엑!

쨱쨱쨱!

다시 지면이 흔들리기 시작했지만, 동물들은 지금의 흔들림이 조금 전과는 다르다고 느꼈다.

조금 전까진 산을 비롯한 이 일대 모두가 흔들리는 느낌에 도저히 도망 갈 곳을 찾지 못했다면, 지금은 산이 흔들리고 있어 모두가 필사적으로 산 밑을 향해 달려가기 시작했다.

그런 동물들의 직감은 훌륭하게 맞아떨어졌다.

드드득…….

펑! 퍼버퍼벙!

언제까지고 고요할 것만 같던 산의 정상에서부터 검은 연기가 솟구치고, 연기가 나오는 곳을 중심으로 산의 머리 위엔 순식간에 새빨간 불길의 고리가 생겨났다.

산에 살고 있던 동물들은 자신들의 직감에 의존에 전력질주로 산 밑을 향해 달려 나갔지만… 그들 대부분이 살아남을 수 없을 터였다.

그리고 이 모든 것을 플라이 마법으로 하늘에서 지켜보던 탑주는…….

씨익—

"그래, 이 정도면 꽤나 이슈가 되겠지? 몬스터를 부르기 전 워밍업으론 딱이군."

마법을 통해 산 밑 마을에서 우왕좌왕 사람들이 뛰어다니는 모습을 보며 그는 한층 짙은 웃음을 지었다.

특유의 비틀린 웃음을 말이다.

얼마나 잠들었던 것일까?

현우는 자신을 감싸 안은 포근한 감각에 천천히 눈을
떴다.

"……여긴?"

몸 위에 얹어진 솜털만큼이나 가벼운 이불을 조심스
레 끌어 내리며 자리에서 일어난 현우는 지금 자신이
있는 곳이 난생처음 보는 방임을 깨달았다.

또한 눈에 들어오는 수많은 사물이 자신에게 어울리
지 않는, 화려하기 짝이 없는 공간이라는 것을 알아차
릴 무렵, 현우는 자신의 한쪽 팔이 부자유스럽다는 사
실과 그 이유를 함께 확인할 수 있었다.

'링거액?'

왼팔에 달린 가느다란 튜브를 통해 차가운 무언가가
꿀럭꿀럭 몸으로 흘러드는 것이 느껴졌다.

이질적인 감각이긴 했으나 불쾌한 차가움은 아니기
에 현우는 자신이 누워 있는 호화로운 침대 옆, 링거액
이 걸린 수액 걸이에서 방울방울 투명한 액체를 흘려보
내는 녀석을 집어 들고 주변 탐방에 나섰다.

'위협되는 것은 없군.'

주변을 샅샅이 뒤져 본 것은 아니지만, 환자의 회복을 돕기 위해 놓인 기묘한 화초들과 풀들의 상쾌한 향기 뒤편으로 느껴지는, 코를 톡 쏘는 약의 향기는 이곳이 위험한 곳이 아님을 알게 해줬다.

'음, 예술품인가?'

문밖은 어떤지 알 수 없지만, 일단 지금 있는 곳이 위험하지 않다는 것을 알아낸 현우는 그제야 조금 여유를 갖고 방을 꾸미고 있는 것들 살펴보았다.

그중 가장 눈에 띄는 것은 고급스런 아름다움을 품은 화초들이었다.

아무렇게나 놓아져 있는 것처럼 보이는 커다란 화분이며 도자기들은 얼핏 난잡스러운 분위기였지만, 멀리서 놓고 보니 마치 그렇게 놓인 게 가장 완벽한 것처럼 보일 만큼 조화로운 모습이었다.

가까이 다가가서 하나씩 살펴보니 화분 자체는 물론, 화분에 자라고 있는 식물까지도 섬세하게 사람의 손길이 닿아 있다는 것을 확인할 수 있었다.

'이만큼이나 대단한 방이라면… 역시 서보람인가?'

사실 지금 생각해 볼 수 있는 것은 서보람 외엔 없는

게 당연했다.

현우의 주변인들 중 이만한 재력을 가진 사람이 서보람 외에 있을 리도 없거니와, 현우가 정신을 잃기 전 상황을 떠올려 보건대 자신이 여기 있을 수밖엔 없는 상황인 듯싶었다.

"……그때 일은 잘 처리된 걸까?"

정신을 잃은 탓에 그때 상황의 결과를 보지 못한 현우였다.

물론 당시 발동한 레저렉션 마법이 서보람과 고용인들을 치유하는 것을 확인한 만큼 그들에 의해 어떻게든 정리되었으리라 생각은 하지만, 그런 일차원적인 결과나 단편적인 결론이 아니라 조금 더 세세한 부분이 현우의 궁금증이었다.

'게다가 그 레저렉션……'

7클래스 급 대인용 초회복 마법인 레저렉션.

그걸 6클래스 급 마나 지배력을 지닌 현우가 사용했다.

물론 그 후 기절하긴 했지만, 그게 지배력의 고갈의 충격으로 인한 것인지, 아니면 심신이 지친 탓이었는지 알 수 없었다.

어쨌거나 레저렉션 마법이 발동한 건 현우의 상식으로는 이해할 수 없는 일이었다.

그때의 생각처럼 지금의 현우가 무언가 다른 존재라면 모를까······.

'그렇다면··· 난 혹시 칼롯 코즈너인가?'

얼핏 그런 생각이 들었다.

지금 자신이 칼롯 코즈너의 상태로 회귀해 마나 지배력이 온전히 돌아왔음에도 기존 6클래스 급 지배력을 지니고 있었다는 강박관념에 그 이상의 마나를 감지하지 못하는 것은 아닌지.

하지만 그것은 분명 달랐다.

현우는 6클래스의 마나를 최대로 쥐어짜 내 레저렉션의 수식을 완성했지만, 분명 발동시킬 수 있는 마나가 전무했다.

그것을 발동시키기 위해선 못해도 수식을 만들 때 들어간 만큼의 마나가 더 있어야만 했다.

그 이상 무리해서 마나를 쓴다는 것은 현우의 상식에선 말이 안 되는 일. 실패가 확정된 일에 손을 대는 것은 현우의 스타일이 아니었다.

하지만··· 어째선지 현우는 시동어를 외웠고, 심지어

레저렉션은 발동하기까지 했다.

그것도 본래 예정보다 더 큰 위력으로.

본래 레저렉션은 대인용 마법. 그 효과가 강력하지만 소모하는 마나 역시 만만치 않기 때문에 다수에게 주문을 걸 때는 동일 7클래스의 힐링 필드를 조성하는 게 당연했다.

비록 치유력은 레저렉션에 비해 크게 떨어지지만 발동 범위 내에서는 숫자에 관계없이 치료가 가능한데다 저클래스의 힐링 마법처럼 단순히 자가 회복력을 강화하는 게 아니라 레저렉션처럼 마나를 이용해 몸을 수복시키는 형태의 회복 마법이었으니 말이다.

그런데 그날 현우가 펼쳤던 레저렉션은 발동만으로도 기적임에도 불구하고 여력이 남아 주변의 상처 입은 모두를 회복시켰다.

그런 강력한 레저렉션은 최저 8클래스 급 마법사에게나 가능한 신기.

6클래스의 마법사는 넘보려야 넘볼 수 없는, 그런 초고위의 마법이었다.

'설령 당시 그 장소가 마나가 모이는 용맥 같은 곳이었다고 하더라도… 그런 기존 마법의 효과마저 능가하

는 범위로 발현되기엔 모자랄 터… 그렇담 그건 대
체……'

현우가 자리로 돌아와 침대에 걸터앉아 저도 모르게
한숨을 쉬듯 내뱉었다.

"후, 나는 대체 누구……"

그 순간.

꿀—렁.

현우의 깊은 곳, 현우가 한평생 쌓아온 언령이 요동
쳤다.

현우는 순간 눈을 부릅뜨며 자신의 입을 틀어막았고,
자신의 실수를 질책했다.

'내가 이런 실수를 하다니!'

언령 마법이라 함은 말로서 쌓아 올리는 마법.

이를 다루기 위해선 항시 말을 조심하고 필요한 말만
을 하며 거짓 없는 말로 자신의 말의 가치를 끌어올려
야만 했다.

그렇게 단련을 거듭하면 언령, 그것이 '자신'에 안
착하여 하나가 됨을 느낄 수 있다.

쌓아 올려가는 언령은 안착과 동시에 일생의 모든 것
을 함께하기에 언령 마법사에게 있어 언령과 자신은 동

격의 존재가 되기 마련이었다.

그런 언령 마법사들이 절대로 해서는 안 되는 일이 있는데, 그건 바로 자신에 대해 의문을 품는 것이었다.

대게의 마법사들은 뛰어난 두뇌를 가진 만큼 주관이 뚜렷하기에 자신의 정체성 내지는 정체에 대해 의문을 갖는 일이 없었다.

하지만 간혹 깨달음의 화두로서 의문을 갖는 이들이 있는데, 그들이 깨달음에 심취하여 자기 자신에 대해 의문을 갖는 순간, 그 순간부터 일평생을 쌓아온 마법은 조금씩 깎여 나간다.

이게 당연한 것이, 일평생을 함께하며 쌓아 올린 동격의 것이 스스로를 부정하는 데야 자신과 동일시된 마법은 깎여 나갈 수밖에 없었다.

물론 성찰을 통해 진정한 깨달음을 얻고 더 높은 경지로 올라서는 사람들도 있지만, 그만큼 거대한 깨달음의 대답을 도출해 내는 경우는 지극히 드물었기에 그 화두에 도전한 대부분의 마법사는 자기 자신을 잃음으로써 마법을 잃고 폐인이 되는 경우가 허다했다.

내가 누구인가, 하는 화두는 세상의 많은 이들이 깨달음을 갈구하는 최대의 도전 과제 중 하나지만, 세상 누구보다 똑똑하고 많은 것을 배운 마법사들에게 있어서만큼은 절대로 언급해서는 안 되는 화두였다.

특히나 자신의 마법을 오직 말 하나로 쌓아 올린 언령사에게 있어선 정말이지 치명적인 일이기에, 칼롯 코즈너가 존재하기 이전의 역사 속 그 어떤 언령사도 그 화두에 도전한 사람은 없었다.

그리고 조금 전, 현우는 자신의 한마디와 함께 출렁인 언령이 조금 떨어져 나와 흩어지는 것을 느꼈다.

"후우……."

다행히 미리 알아채 최악의 상황이 오는 것은 막을 수 있었지만, 시간이 곧 언령의 수준이나 마찬가지인 언령사가 소실된 언령을 회복하기 위해선 시간밖엔 대안이 없는 만큼 이는 꽤 뼈아픈 실수라고 할 수 있었다.

'내가 이런 실수를 하다니…….'

한 번의 말실수에 모든 것을 잃을 수 있는 게 언령사라는 특별한 마법사였다.

그런데 그런 언령사의 정점에 올랐던 인물이 입 밖에 내면 확실히 모든 것을 잃게 되는 말을 실수로 내뱉다니… 현우는 스스로가 정상이 아님을 다시금 느낄 수 있었다.

'이런 실수… 평소의 나였다면 절대로 하지 않았을 것인데…….'

현우도, 칼롯 코즈너도 절대로 하지 않았을 실수를 범한 자신은… 과연 누구란 말인가.

틀어막은 입을 대신해 머릿속으로 의문을 던지는 현우였다.

현우가 고민에 빠진 그 시각.

현우가 있는 이곳 저택의 1층에는 많은 사람들이 모여 있었다.

"흠, CCTV는 그 녀석들이 진입할 때 먹통이 되었으니 그렇다 치고……."

검은 양복을 쫘악 빼입은 인물들을 등 뒤에 대동한 남자가 앞에 선 서보람과 그녀의 아버지, 서문주를 향해 말했다.

"서 회장님께서 무엇을 숨기고 계신지는 모르겠지만… 되도록 저희에게 협조를 해주셨으면 합니다. 아무래도 미심쩍은 게 많아서 말이죠."

"허허, 저는 분명 필요한 설명을 모두 한 것으로 아

는데요."

자신을 추궁하는 국정원 직원의 말에 허허롭게 웃으
며 대답한 서문주는 얼핏 흔한 동네 아저씨와 같은 모
습이지만, 말쑥하게 잘 빼입은 옷에 웃음 지은 눈매 사
이로 날카롭게 빛나는 눈동자는 그가 어떻게 대한민국
의 손꼽히는 재벌이 될 수 있었는지 말해주는 듯싶었
다.

"끄응… 서 회장님, 이번 사건은 이렇게 비협조적으
로 나오실 필요가 전혀 없는 사건입니다. 서 회장님은
명백한 피해자시고… 저희는 이번 사건의 범인을 잡아
서 회장님께 보여 드리는 게 목적이니 말입니다."

"후후, 국정원분들도 꽤나 애가 타시는 모양이군요."

서문주 회장은 어쩐지 뭐 마려운 강아지처럼 애타게
매달리는 국정원 직원의 태도에 후후, 웃으며 눈을 빛
냈다.

딸아이와는 비밀을 지킨다고 했지만… 서문주 회장
은 누가 뭐래도 산전수전을 다 겪은 노장. 만약 이번
일을 빌미로 평소 서 회장의 비리 따위를 캐고 다니던
국정원으로부터 우위를 점할 수만 있다면 딸애 모르게
국정원과 자리를 마련하는 것은 일도 아니었다.

'물론 그렇다고 딸애와 약속을 대놓고 저버리겠다는 것은 아니지만… 사람이란 게 말을 하다 보면 실수를 하기 마련이니… 후후후.'

머릿속으로 이번 일을 통해 얻을 수 있는 것에 대해 계산해 나가던 서문주 회장은 이어지는 국정원 직원의 말에 눈을 빛냈다.

"후우… 그렇습니다, 회장님. 뭐, 제 입으로 이런 말 하긴 부끄럽지만… 회장님이 주신 정보로는 알아낼 수 있는 게 전혀 없었습니다. 그리고……."

"……그리고?"

"흠, 아닙니다. 이건 아무래도 기밀인지라… 확실하지도 않고……."

국정원 직원, 아니, 제2국정원 대외 협력 부서의 장호민 차장은 서 회장을 향해 떡밥을 던졌다. 자신들도 서 회장이 궁금해할 만한 것을 쥐고 있고, 그것은 경우에 따라 서 회장에게 알려질 '가능성'이 있음을 넌지시 내비친 것이었다.

그 말을 들은 서문주 회장이 눈을 빛내며 턱을 쓸었다.

"호오~"

장호민 차장이 던진 떡밥은 서 회장이 충분히 궁금해할 만한 정보일 것이다.

　물론 거짓 정보거나 전혀 관련 없는 정보일 가능성을 배제할 수는 없지만, 장 차장이나 서회장은 이미 수년간 몇 번이고 마주쳐 이와 비슷한 설전을 벌인 적이 있었다.

　그리고 괜히 서로가 서로에게 원한을 쌓아서 좋을 것이 없었기에 대게 이런 정보 교환이 필요한 상황이 오면 서로가 윈윈하는 쪽으로 일이 마무리되곤 했다. 그러니 장호민 차장의 정보가 무엇이든 간에 분명 도움이 될 만한 정보임에는 틀림없었다.

　하지만…….

　"흐음… 뭐, 기밀이시라면 어쩔 수 없지요. 그보다 이제 더 이상 질문할 것은 없는 건가요?"

　장호민 차장의 급해 보이는 행동과 매달리는 태도를 보건대, 분명 서 회장이 쥐고 있는 것이 장호민 차장이 내건 조건보다 훨씬 우위에 있는 게 분명했다.

　서 회장은 누가 뭐래도 국내를 넘어서 세계적 영향력을 끼치는, 거대 기업을 이끄는 인물. 그는 손해 보는 장사를 하는 사람이 아니었다.

"음······."

서문주 회장의 완곡한 거절의 말에 침음성을 흘린 장호민 차장은 작게 고개를 끄덕였다.

'제길, 저 능구렁이 영감탱이 같으니라고.'

'후후··· 이거, 잘만 써먹으면 한동안 정보료 지불 없이 단물을 빨아낼 수도 있겠구만.'

남몰래 서로가 서로를 노려보며 딴생각을 하는 가운데 장호민 차장은 초조함에 속으로 침음을 삼켰다.

수십 명의 마법사들이 총을 들고 재벌의 저택에 침입해 강도짓을 벌인 큰 사건이니만큼 제2국정원의 장호민 차장이 나서기에 충분한 일이긴 했지만, 사실 장호민 차장과 그 팀은 그보다 중요한 일을 하나 맡고 있었다.

최근에 국정원 정문의 묘비에 새롭게 네 개의 별을 새기게 만든 자들을 추적하는 것이었다.

당시 순직한 네 명의 국정원 요원은 모두 뛰어난 베테랑이었고, 음지에서 활동하는 정체불명의 마법사 집단을 쫓던 중이었다.

상대에 대해 정확한 정보는 거의 없지만 마법사 집단의 규모가 꽤나 크다는 것과 지나치게 몸을 감추려 한다는 점 때문에 베테랑 요원을 네 명이나 붙여놨던 것인데, 상세 조사 명령을 내린 지 일주일도 안 되어서 모두 시체로 발견된 것이었다.

인원수가 적은 만큼 요원 모두가 서로 가족처럼 지내던 제2국정원이기에 갑작스런 동료 네 명의 죽음은 요원들의 분노를 끌어내기에 충분했다.

특히 이번 일의 조사를 직접 지시한 장호민 차장으로선 자신의 섣부른 판단으로 유능한 요원들을 헛되이 잃었다는 죄책감 탓에 이번 일에 더욱 필사적이었다.

그런데 그러던 와중에 갑자기 국내 최대의 재벌가의 저택이 총기로 무장한 마법사들의 습격을 받았다는 소식을 접한 것이었다.

국정원 요원들이 정체불명의 마법사 집단에 의해 살해당한 것과 총기로 무장한 마법사들이 재벌가의 저택을 습격한 것엔 별다른 연결 고리가 없어 보였지만, 장호민 차장은 이곳으로 발걸음을 옮기는 데 망설이지 않았다.

제2국정원의 순직 요원들을 살해한 것도 마법이 아닌 총이었기에 총을 든 마법사라는 공통점과 거대한 집단으로 추정된다는 점, 그 두 가지를 근거로 이곳에 찾아온 것이었다.

비록 친한 사이는 아니지만 정보 거래를 몇 번이고 해본 사이다 보니, 꽤나 도움되는 정보를 얻을 수 있으리란 희망을 가지고 말이다.

'제기랄, 이유도 알지 못한다! 정체도 모른다! 어떻게 물리쳤다! 제대로 된 얘기는 하나도 안 해주면서… 이럴 거면 왜 우릴 부른 거야!'

하지만 피해자의 신분으로 직접 국정원에 연락까지 했으면서 서 회장은 자신의 저택을 습격한 이들에 대한 자세한 정보를 내놓길 꺼려했고, 심지어 당시 현장에 있던 피해자들도 입막음을 당했는지 모두 일관되게 적습에 대한 저택 방어 훈련 매뉴얼대로 움직였더니 마침 저택에 돌아온 김택용이 적들을 죽이더라는 말만 반복하는 것이었다.

게다가 실제로 당시 저택에 있었을 고용인들은 물론, 서 회장의 딸도 다친 곳 하나 없이 말짱하게 걸어 다니는데다 당시 상황을 재연하는 '연극'까지 하니, 대놓고 거짓말하지 말라고 몰아붙일 수도 없는 노릇이었다.

'물론 불가능한 건 아니지. 자그마치 이 서문주 회장의 집이니까! 어떤 장치가 있다고 해도 전혀 놀랄 게

아니야! 하지만 그놈들 시체까지 감춰가면서 이렇게 숨길 필요는 없잖아?!'

신고를 받고 국정원 직원들이 은밀히 도착했을 때, 이미 이곳엔 여기저기 미처 지우지 못한 핏자국과 감전사로 죽은 시체 몇 구만이 남아 있었다.

처음엔 장호민 차장 역시 너무 큰 기대를 하고 온 것은 아닌가 싶었지만, 데려온 요원들의 조사 결과, 이곳에 침입한 자들이 근 20명 가까이 된다는 것을 알게 되었다.

때문에 장호민 차장은 서 회장이 숨기고 있는 것이 있음을 깨닫고 요 며칠간 계속 찾아와 정보를 요구하는 중이었다.

'제기랄, 대체 우리한테 숨겨야 할 정보가 뭐길래!'

저택에 설치된 정말 특별한 어떤 장치인 것일까?

아니면 서 회장 본인이 그들과 어떤 모종의 관계가 있는 것은 아닐까?

여러 가설이 떠올랐지만, 그 어느 것 하나 확신을 할 수가 없었다.

전자의 경우라면 그냥 그렇다고 설명만 해줘도 납득할 수 있을 테고, 후자의 경우라면 애당초 저택의 습격을 밀정을 통해 국정원에 알릴 이유가 없었다.

'혹시 정말로 우리의 시선을 이곳으로 모아놓고 뒤에서 무언갈 꾸미고 있는 것이라면……'

그러나 이내 고개를 저을 수밖에 없었다.

만약 서 회장이 정말로 시선을 모을 생각이었다면 그에겐 저녁에 흘린 농담 한마디로 전 세계의 주목을 이끌어낼 인맥과 능력이 있었으니, 이런 번거로운 미끼가 필요할 이유가 없었다.

"이 망할 자……!"

"예? 방금 뭐라고……."

"넷? 그… 아무것도 아닙니다. 서 회장님이 이렇게 적.극.적으로 도움을 주고 계신데도 저희로선 아무런 도움을 드리지 못하는 게 정말이지 화.가. 나.서 말이죠. 하.하.하!"

"허허, 전 또 저한테 하는 말인 줄 알고 괜히 오해할 뻔했지 않습니까?"

이가 부서져라 입을 다물고 경련이 일어난 얼굴로 억지웃음을 짓는 장호민 차장을 보면서 내심 웃음을 지어 보인 서 회장은 다시 다른 생각을 했다.

'흠, 이렇게 놀려먹는 게 재밌긴 한데… 확실히 이

번 일은 나로선 전혀 예상할 수 없는 일이었으니… 만약을 위해서라도 국정원의 도움을 받는 게 좋긴 할 텐데 말이야…….'

비록 이렇게 놀려먹고는 있지만, 마법이 가미된 제2국정원의 능력이 얼마나 뛰어난 것인지 서 회장은 잘 알고 있었다.

기업을 운영하며 국정원 눈치를 보며 몸을 사리거나 물먹었던 일이 얼마나 많았던가. 서회장이 생각하기에 절대로 걸리지 않으리라 자신했던 모든 것들을 제2국정원에선 미리 모두 꿰뚫어 보고 있었다.

당장 이번 일만 해도 나름 사람을 써서 흔적을 지웠다고 생각했는데, 그들이 도착하고 단 하루 만에 침입자가 수십 명에 이른다는 사실을 밝혀내지 않았던가.

그런 국정원이 그토록 원하는 정보라면 서 회장 자신이 지금 정보를 쥐고 있는 건 별 도움이 되지 않는다는 것 정도는 이미 알고 있었다.

특히나 대한민국에 살면서 그들을 적으로 돌린다는 건 아무리 강심장을 가진 서 회장이라도 피하고 싶은 일이었다.

'되도록 저들이 원하는 정보 정도는 조금 내주는 게

이득이긴 할 텐데…….'

하지만 문제는 서보람과 한 약속에 있었다.'

"아빠, 오늘 있었던 일은… 그 누구에게도… 절대로
새어 나가지 않게 해줘. 아빠만 믿을게."

서 회장은 자신의 어린 딸이 그렇게까지 간절한 눈으
로 무언가를 부탁하는 걸 처음 보았다.

어릴 적부터 부족함 없이 풍족하게 자라온 탓인지는
모르나, 무언가 필요하다고 직접 말을 한 적이 단 한
번도 없던 서보람이었다.

언제까지고 철없는 아이라고만 생각했던 딸이 아빠
만을 믿는다는 얼굴을 하고 찾아왔으니, 부모 된 도리
로 자식의 부탁을 거절할 수가 없었다.

평소 남아일언 중천금이라는, 사업가에겐 어울리지
않는데다 실제로도 별로 지켜본 적 없는 말을 신조로
삼고 있던 신 회장이지만, 딸애의 부탁 정도는 들어주
고 싶은 마음이었다.

하지만 국정원에서 이렇게까지 원하는데 아무것도
해주지 않는 것은 그건 그거대로 큰 손해였다. 비록 지금이야 저렇게 저자세로 나오지만, 모든 일이 끝나고 이번에 당한 굴욕에 필적하는 엄청난 서류 더미를 들고 자신의 사무실로 찾아올 국정원 직원들의 모습을 상상하면 벌써부터 등 뒤에 식은땀이 흐르는 서 회장이었다.

'흠, 보람이가 숨기려고 한 것이 정확히 무엇이었을까? 시체?'

이미 사건의 전말에 대해 서보람에게 들은 바가 있는 서 회장이었다.

그리고 이번에 습격한 녀석들의 목표가 자신이 아니라 그날 저녁에 초대된 교류 엘프였다는 것을 서 회장은 알고 있었다.

그리고 서보람을 통해 전해 들은 그 교류 엘프가 숨겨진 마법 실력을 발휘해 적들을 모두 물리치고 엘프족의 뭔가 말도 안 되는 규율 때문에 이를 숨겨야 한다는 말이 거짓이며, 사실은 그녀가 저택 구석의 방에 숨겨둔 김현우라는 남학생이 모두를 지키고 그녀를 치료하기까지 했다는 것 역시 다른 목격자를 통해 알게 되었다.

덕분에 당시에는 딸자식 키워봐야 소용없다는 생각

에 당장 장 차장을 불러다가 몽땅 다 불어버릴까 생각도 했지만, 잘 생각해 보니 그녀가 그렇게나 숨기는 데는 무언가 이유가 있을 거란 생각에 개인적으로 현우를 조사해 봤다.

'뭐, 조사 결과, 대외적으로 마법에 문외한이라 알려진 것과 달리 무장 강도 20명을 학살 할 수 있을 만큼 뛰어난 마법 실력을 감추고 있다는 것 외엔 딱히 알아낸 게 없지만…….'

처음엔 현우가 그들 20명을 죽인 것 때문에 살인죄 같은 것을 뒤집어쓸까 걱정되어 그러나 싶었다. 하지만 그녀가 여태껏 누려온 서씨 가문의 힘과 아비인 서 회장의 힘을 모를 리가 없고, 만약 그런 이유라고 한들 아비인 자신에게 현우의 존재조차 숨기는 것은 말도 안 된다는 생각이었기에 무언가 다른 이유가 있으리라 생각했다.

결국 서 회장은 자신의 딸을 믿기로 하여 이렇게 국정원 차장을 앞에 두고 배짱을 부리는 중이었다.

하지만 갈수록 노골적이 되어가는 장 차장의 말에 슬슬 버티기 힘들어졌음을 느끼고 있는 서 회장이기에 어제의 대화 이후부턴 그들에게 넘겨줄 수 있을 만한 정보를 선별하는 중이었다.

'아마도 보람이는 그 김현우라는 녀석에 대해 숨기고 싶은 것일 테니까… 보람이가 짜낸 시나리오에서 그 부분만 빼놓고 말하면 되려나?'

그렇다면 이번 일을 처리한 게 교류 엘프이고, 여태 이렇게 숨기려 한 게 교류 엘프가 말한 이상한 원칙 때문이었다고 말을 해야만 했다.

'그건 곤란하지.'

그런 소릴 지껄였다간 아마 내일부턴 서 회장 자신이 아니라 곧장 서보람을 찾아갈 인물들이었다, 장호민 차장이란 사람은.

누가 봐도 빤히 들여다보이는 거짓말인 만큼 그런 거짓말을 한 이유에 대해 추궁해야 할 테니 말이다.

'그렇다면… 일단 그놈들을 처리한 것은 그대로 택용이 녀석으로 해두고, 녀석들이 엘프를 노리고 있었다는 것만 말해줘야겠군……. 시체를 숨긴 건… 그냥 계속 우리가 비장의 무기를 숨기고 있다는 식으로 오해하도록 하는 게… 그게 가장 좋겠군. 까짓 시체 좀 보여달라고 하면 그 넝마들 좀 보여주고, 이렇게 되어버려서 그냥 감추고 있었다고 해버리지 뭐.'

결국 내일도 이들이 찾아오면 어느 정도 서보람이 지키고자 하는 것만을 제외하고 알려줘 버릴 생각을 한 서 회장이었다.

그리고…….

"아빠! 또 이상한 생각 하지!"

"으…응? 아, 아니… 그럴 리가!"

축 처진 모습으로 저택을 나서는 장호민과 국정원 요원들을 배웅하던 서보람은 그녀의 아빠가 음흉한 계략을 세울 때 언제나 짓는 특유의 표정을 발견하고 외쳤다.

"아빠, 설마 이번에 내가 부탁한 거 팔아먹을 생각은 아니겠지?"

흠칫!

너무나도 예리하게 핵심을 찌르고 들어오는 서보람의 말에 자신도 모르게 흠칫 몸을 떤 서문주 회장이지만, 이내 웃음과 함께 이어지는 말에 안도감을 느끼면서도 양심의 고통을 느꼈다.

피식!

"뭐, 설마 우리 아빠가 어떤 사람인데… 설마, 설마, 설마~ 이 딸이 직접 부탁한 걸 팔아먹을 생각을 하겠어?"

뜨끔!

"후후, 내가 한 말 다 장난인 거 알지? 난 아빠 믿어!"

뜨끔! 뜨끔!

"그럼 난 먼저 방에 들어갈게!"

"그, 그래라……."

서문주 회장은 그의 딸이 보지 못하게 심하게 요동치는 자신의 가슴을 움켜쥐며 고개를 숙였다. 덕분에 팔랑팔랑 신나는 발걸음으로 1층 구석의 손님용 방이 있는 쪽을 향해 가는 딸아이에게 차마 '네 방은 2층이잖니!' 라고 말도 하지 못하고 속으로 삭일 수 밖에 없었다.

그는 가슴의 통증이 가시고 난 뒤 조용히 중얼거렸다.

중얼.

"하… 하루만 더 개겨볼까?"

장호민 차장의 고민이 하루 더 연장 예약되었다.

자박자박.

"응?"

침대에 걸터앉아 심마의 경계에서 아슬아슬한 줄타기를 하던 현우는 문밖에서 들려오는 발걸음 소리에 반응하며 자리에서 일어섰다.

그리고 또 한 번 고민했다.

'이 예민한 감각… 이 역시 내 본래 능력이랑은 거리가 멀어……'

굳이 따지자면 완전체라 불리기에 부족함이 없던 칼롯 코즈너의 능력에 가깝긴 했지만, 누가 뭐래도 칼롯 코즈너 본연의 힘과는 천지 차이가 있는 현우의 능력이었다.

그렇게 지금 자신이 이상함을 확인시켜 주는 증거들이 하나씩 나타날 때마다 현우의 고민은 깊어질 수밖에 없었지만, 내적으로야 어떤 복잡한 상황이든 간에 일단 지금은 외부의 상황에 집중하기로 마음먹은 현우였다.

찰칵―!

걸음 소리가 현우가 있는 방 앞에서 멈추자마자 곧장 문이 열리고 호리호리한 체형의 한 사람이 들어왔다.

그 사람은 설마 안에 누군가 서 있을 거라곤 생각지 못했다는 듯 놀라는 표정이 되어 외쳤다.

"현우 님!"

"현우… 님?"

"아차차! 아뇨, 말이 헛 나와서……. 현우 씨… 깨어나셔서 다행이에요."

현우는 진심으로 반가워하는 아나피의 모습을 보면서 자신이 이 자리에 누워 있은 지 꽤 시간이 흘렀다는 것을 간접적으로 깨달을 수 있었다.

"마나의 흐름은 정상적이었는데 어째선지 며칠간 전혀 미동을 안 하시길래, 정말 잘못된 건 아닌가 했어요."

"며칠간? 혹시 제가 며칠이나 이곳에 있었는지 알고 있습니까?"

"……."

"아나피 양?"

"네? 아, 네."

현우의 말을 들은 아나피는 무언가 달라졌다는 것을 느꼈지만, 그게 정확이 무엇인지, 그리고 어디서 기인했는지 알 수가 없었기에 잠시 고민을 하다가 다시 자신을 부르는 현우의 목소리에 대답했다.

"오늘까지 총 사흘째예요."

"사흘?!"

"네… 무슨 문제라도?"

"문제야… 많죠."

당연히 가장 첫 번째로 떠오르는 문제는 학교와 관련된 것이었다.

그가 아무리 학교에서 내놓은 처지라고는 하지만, 이렇게 아무런 사유 없이 무단결석을 한 적은 없었다. 게다가 학교를 가장 마지막으로 간 그날은 현우의 상태 이상 때문에 모두에게 욕을 바가지로 얻어먹고 오지 않았던가.

그렇게 사라진 현우가 사흘간이나 집에도, 학교에서 나타나지 않았다면 이런저런 오해를 사기에 충분할 터였다.

'물론 가출 신고가 되어 있을 가능성은 극히 희박하긴 하지만……'

누구도 현우를 걱정하거나 찾고 있을 거라곤 생각하지 않지만, 그럼에도 어쩐지 걱정스런 표정을 짓고 있는 사람들의 얼굴이 떠오르는 현우였다.

'음, 그럴 리가 없겠지.'

이내 머릿속에 떠오른 얼굴들을 지워낸 현우는 문득

생각난 게 있어 아나피에게 물었다.

"그러고 보니… 오늘이 사흘째라면, 아나피는 다른 스케줄을 진행하고 있어야 하는 것 아닌가요?"

확실히 그녀가 학교생활을 체험하기로 한 것은 단 사흘이었고, 이곳 저택이 습격을 받던 그날이 아나피의 학교 체험일의 마지막 날이었다.

그래서 현우 역시 그녀가 떠나기 전에 사과할 마음으로 선물을 준비해 이곳에 온 것이 아니던가.

'그러고 보니 선물은 어떻게 됐지? 서보람은?'

현우가 아나피에게 주고자 챙겨 왔던 아티팩트는 사건이 있던 당일 현우가 머물렀던 방 안에 있을 터였다. 그리고 서보람은 그때의 레저렉션이 제대로 발동된 게 맞다면 지금쯤이면 이곳 저택 어딘가에 있을 것이었다.

그 순간.

"괴물 자식!"

흠칫!

현우의 머릿속으로 자신을 괴물이라 부르며 뛰어들던 마법사와 자신의 손길에 몸을 떨던 서보람의 모습이

스치고 지나갔다.

"음……."

그러는 사이, 뭐라고 말해야 가장 쉽고 명확하게 그녀가 존경하는 현우에게 하고자 하는 말을 전달할 수 있을까, 하며 자신이 이곳에 남은 이유를 말하려던 아나피는 갑자기 침음성을 흘리는 현우를 보며 재빨리 다가가 부축했다.

"괜찮으세요? 어디 편찮으신 데라도?"

"아뇨… 괜찮습니다. 며칠간 누워 있던 탓인지 몸 상태가 좀 안 좋은가 봅니다."

아나피는 이번에도 현우의 말을 들으며 이질감을 느꼈지만, 좀 전과 마찬가지로 굳이 입 밖으로 꺼내 말하지 않고 부축한 현우를 침대에 걸터앉을 수 있도록 도와줬다.

"이러실 필요까진……."

"아뇨, 제가 좋아서 하는걸요."

사과를 하러 와서 마주친 대상이 자신을 이렇게 돕는데 부담을 느낀 현우가 아나피를 말렸지만, 아나피는 그러면 그럴수록 더욱 공손한 자세로 현우를 시중들었다.

그렇게 잠시 뒤.

슥삭슥삭.

"그… 아니, 이렇게까지 하실 건……."

마침내 현우를 기어코 침대에 다시 눕힌 아나피가 물에 적신 수건으로 현우의 발을 꼼꼼히, 발가락 사이사이까지 닦는 것을 보며 현우가 기겁하며 손사래를 쳤다.

하지만 엘프의 우월한 힘으로 찍어 누른 아나피는 매일 해온 일이라 말하며 이내 현우가 입고 있던 잠옷의 단추를 하나씩 풀어 나갔다.

"자, 잠깐! 이건 정말 제가 할 테니까!"

"아뇨, 현우… 씨는 가만히 계세요! 언제나처럼 제가 할 테니까요!"

우악스런 손길에 이미 반쯤 탈의가 진행된 몰골로 반항을 하던 현우는 마침내 자신의 몸 위에 올라타 마운트 포지션을 취한 채 상의를 강제로 벗겨내는 아나피의 행동에 결국 반항을 포기할 수밖에 없었다.

현우가 아무리 날고 기는 마법사라고 한들, 육체의 기본 능력치부터가 엘프가 압도하는바, 상위 포지션을 뺏긴 현우가 이 상황을 벗어날 방법은 없었다.

'거기에 너무 오래 누워 있어선지… 평소보다 힘이 더 없는 느낌이야.'

모든 것을 내려놓은 현우가 순순히 아나피의 손에 몸을 맡긴 그 순간, 현우가 있는 이곳의 방문이 벌컥 열렸다.

"나 왔어, 오빠! 오늘도 좋은 꿈 꾸고 있……."

"……."

"……."

현우는 침대에 드러누운 채, 아나피는 그런 현우 위에 걸터앉은 채 반라(현우만)의 모습으로 서보람과 마주친 그들은 모두 잠시 말이 없었다.

그리고…….

"……뭐지? 오늘은 내가 꿈을 꾸고 있나?"

부비적부비적.

"……."

"……."

그렇게 말하며 긴팔 소매로 자신의 눈을 비비는 서보람의 모습은 과연 미소녀라는 찬탄이 나올 만큼 귀여운 모습이었지만, 어째선지 잘못한 것 하나 없는 현우에겐 식은땀이 나는 모습이었다.

부비부비…….

"어라? 아직도 보이네? 설마 자각몽 같은 건가? 이 문이 꿈의 경계?"

찰칵!

그렇게 말하며 방금 들어왔던 문을 열고 밖으로 나가는 서보람이었다.

잠시 뒤.

달칵!

"어… 어라아……?"

"……."

"……."

다시 방에 들어온 서보람이 마주친 것은 여전히 그 자세 그대로 굳어 있는 현우와 아나피의 모습이었고, 이내 눈이 시뻘겋게 되도록 눈을 비빈 서보람은 왈칵, 눈물이 쏟아져 나올 것 같은 얼굴로 중얼거렸다.

"저… 저 나갔다 올 테니까… 흐윽… 히끅! 조금만 있다가 올 테니까아안… 흐으윽! 훌쩍!"

"자, 잠깐!"

"오빠아아… 꼬옥… 행복하시구우… 크으으응! 훌쩍!"

어째선지 가슴 한가득 미안함과 부담감이 차오르는 말을 남기고 다시 문고리를 쥐는 서보람을 보며 현우가 필사적으로 그녀를 불렀다.

"아냐! 오해야! 이건… 내 의도가 아니었다!"

"히끅! 그래요… 저는 오빠를 믿어요! 그래도… 일단 잠시 나갔다 올 거니까……."

그렇게 다시 서보람이 문고리를 잡아 쥐는 그 순간.

그녀가 아직 열지도 않은 문이 벌컥 열렸다.

벌컥!

"어?"

"응?"

"에? 아빠?"

"……."

문 앞에 선 말쑥한 중년인, 서문주 회장은 방 안의 전경을 찬찬히 훑어보다가 이내 눈물 가득한 서보람의 얼굴을 보더니 굳게 다물고 있던 입을 열었다.

"이… 이노오오오오오오옴!"

"자, 잠까아안!"

사건이 있은 후 4일째.

분위기가 침체되어 있던 저택에 잠시지만 활력이 돌

았다.

＊　　　　＊　　　　＊

서가의 거대한 저택. 그곳 1층 홀에 딸린 티타임용 테이블 곁에는 옹기종기 모여 앉은 네 명의 남녀가 있었다.

"크흠… 그래, 자네는 저 델로니어스 양과 아무런 관계도 아니라고?"

"……그렇습니다."

어째서 이런 대화를 하고 있는 걸까?

현우는 조금 전 상황에서 잘못한 게 하나도 없고, 그렇게 절박해야 할 이유 역시 하나도 없음에도 불구하고 서문주와 서보람 부녀에게 필사적으로 해명을 하고서야 소란을 진정시킬 수 있었다.

"흠흠… 내가 오해를 해서 미안하네. 뭐… 내가 화낸 건 딱히 그… 보람이가 울고 있어서라든지… 그런 것보다는… 그 왜, 있잖아? 손님…이라고 생각한 사람이 나름 우리 집의 귀인과 불순한 일(?)을 하고 있다든지, 그러면… 음… 그러니까……."

"…이해합니다."

본인이 무슨 말을 하는지 알기나 하는 것일까?

본래의 카리스마 넘치는 모습은 던져 두고 횡설수설 변명을 하는 서문주 회장을 보며 현우가 그의 말을 일축하며 고개를 끄덕였다.

그러자 바로 그때, 현우의 오른쪽에 앉은 서보람이 귀엽게 헤헤, 웃어 보이며 말했다.

"그렇대, 아빠! 우리 오빠가 다 이해한대. 그러니까 그만해도 돼."

'우리 오빠?'

'딸아, 넌 무남독녀다!'

그녀의 한마디에 일순 그 자리에 있는 모든 남자가 얼굴을 굳혔지만, 서문주는 물론이고, 겉모습이야 어쨌 든 노괴물이나 다름없는 현우 역시 허허롭게 이를 웃어 넘기며 말을 돌렸다.

"우선… 도움을 주셔서 감사합니다."

"크흠, 뭐, 내가 도움을 준 건 거의 없으니… 오히려 내가 자네에게 더 감사를 해야겠지. 그날 내딸을 지켜 줘서 고맙네."

"……아뇨, 해야 할 일이었을 뿐입니다."

물론 그 일을 하기까지 수많은 고민과 계산이 있고 결과적으로 정신이 이상해진 덕분에 벌어진 일이긴 하지만, 현우가 그런 사정을 설명할 이유는 없었다.

　서로가 서로에게 감사 인사를 전하는 훈훈한 자리.

　잠시 두 사람을 번갈아 보던 서보람은 그제야 생각났다는 듯 서문주 회장에게 물었다.

　"아빠, 그러고 보니 내가 현우 오빠를 감추고 있다는 건 어떻게 알아낸 거야?"

　"크흠, 그야… 네게 전해준 카드로 결제된 약값이라든가 몰래 들여온 출장 의료 서비스 결제 내역 같은 걸 조사한 결과지."

　사실대로 말하자면 서보람이 입막음해 둔 당시의 목격자 하나를 열심히 갈궈서 진실을 들은 게 정답이지만, 서문주는 태연하게 거짓말을 했다.

　"와, 대단해!"

　대단하다는 딸의 칭찬에 어깨가 조금 솟아오르던 서 회장은 이어진 말에 힘없이 몸을 늘어뜨렸다.

　"……내 결제 내역을 감시한 건 최악이지만!"

　그때, 현우의 왼쪽에 딱 붙어 앉아 있던 아나피가 현우의 옆구리를 쿡, 찌르며 말했다.

"……?"

"저 사람, 거짓말하고 있어요."

소곤소곤.

그녀 나름대로는 주변 사람들을 배려해 현우의 귓가에 대고 소곤거린 것이지만, 아나피만큼이나 현우에게 가까이 붙어 앉은 서보람에게 그 말이 들리지 않을 수가 없었다.

아니, 아무리 목소리를 작게 한대도 이렇게 조용한 공간에서 엎어지면 코 닿을 거리에 사람을 두고 소곤거린다는 건 의미가 없는 일이었다.

"아빠……?"

씨익—

"으, 응?"

서 회장은 길게 웃어 보이는 동시에 자신을 부르는 딸아이의 모습에 불안감을 느끼며 떨리는 목소리로 대답했다.

그 미묘한 표정에서 진실을 읽어낸 서보람이 서 회장 곁으로 다가가 조금 전 아나피가 현우에게 그랬던 것처럼 귓속말을 했다.

"……이따가 봐."

부르르—

딸아이의 나직한 한마디에 오한을 느낀 서 회장이 몸을 떠는 사이, 분위기를 환기할 필요성을 느낀 현우가 헛기침을 했다.

"험험."

그러자 자신의 아빠의 귓가에 딱 달라붙어 있던 서보람은 순식간에 다시 현우의 오른편으로 다가와 조금 전의 차가운 미소와는 확연히 다른, 생동감 넘치는 웃음을 지으며 현우에게 몸을 기댔다.

그 모습을 본 서문주 회장이 앉은 의자의 팔걸이가 빠직, 하는 소리를 냈지만, 이내 서보람의 눈동자가 그를 향하자 다시 조용해졌다.

의도한 것과는 조금 다르긴 하지만, 어쨌거나 조용해진 분위기에 현우는 미리 준비해 뒀던 말을 꺼냈다.

"음… 저는 이만 집으로 돌아갈까 합니다."

"엑? 오빠, 오늘 깨어났잖아?"

현우의 말을 들은 서보람이 가장 먼저 큰 목소리로 반응했지만, 오히려 서문주는 당연하다는 듯 고개를 끄덕였다.

"그래, 그럼 잘 가게. 학교나 집에는… 대충 손을 써

뒀으니 문제없을 거야."

"예, 신경 써주셔서 감사합니다."

꾸벅.

"뭐, 이거야말로 내가 당연히 해야 할 일이지."

걱정하던 부분을 미리 해결해 두었다는 서 회장의 말에 고개 숙여 감사를 표한 현우는 마지막 인사를 하며 자리에서 일어섰다.

"그럼… 나중에 기회가 있다면 또 뵙겠습니다."

드륵!

그렇게 티 테이블에서 일어나 돌아선 현우를 보며 갑작스런 행동과 단 몇 마디 대화로 단숨에 결정된 결과에 멍하니 있던 아나피와 서보람이 반응하려던 찰나, 서문주가 현우를 붙잡아 세웠다.

"잠깐."

"……?"

"가기 전에 자네에게 좀 묻고 싶은 게 있는데……."

그렇게 말하며 웃어 보이는 서문주 회장의 눈은 더 이상 팔불출 딸 바보의 모습은 남아 있지 않았다.

"……."

"뭐… 대답이 없긴 하지만 승낙한 걸로 알고 질문하

지……."

조용히 그를 쳐다보기만 하는 현우를 보며 서문주 회
장은 이내 첫 번째 질문을 꺼내들었다.

"자네… 꽤 뛰어난 마법사라지?"

"아빠!"

"……."

서 회장의 질문에 그를 크게 부른 서보람이지만, 조
금 전 그녀를 보며 헤롱헤롱하던 모습과 달리 평소에
다른 사람들 앞에서 보여주는 모습을 하고 있는 서 회
장의 태도에 오히려 움찔, 몸을 떨며 서 회장으로부터
멀어졌다.

"그래… 스승은 누군가?"

"……."

하지만 현우는 여전히 묵묵부답 서 회장을 쳐다볼 뿐
이었고, 서 회장은 아쉽다는 듯 입맛을 다시더니 말을
이었다.

"흠… 그래, 누구에게나 대답하기 곤란한 것은 있기
마련이지. 그렇다면 한 가지 더 묻겠네만……."

"……."

"자네는… 우리 딸애에 대해 어떻게 생각하지?"

"아, 아빠아앗!"

이번엔 정말로 당황한 듯 긴장과 급박함이 녹아든 서보람의 목소리가 울려 퍼졌고, 서 회장은 어느샌가 실실 웃는 표정이 되어 현우의 대답을 기다리고 있었다.

"……."

"꽤 대답이 궁금해서 말이지."

그 말을 들은 현우의 시선은 이내 얼굴을 붉히고 있는 서보람에게 향했다.

현우의 눈은 탐색이라도 하듯 그녀의 위아래를 연신 훑어 내렸고, 현우는 생각을 정리하는 듯 꽤 오래도록 뚫어져라 서보람과 눈을 마주했다. 그리고 잠시 뒤, 현우가 대답을 위해 입술을 달싹였다.

"서보람… 보람이는……."

꿀꺽—

누군가의 침 삼키는 소리가 울려 퍼졌고, 아나피를 포함한 모두의 시선이 현우의 입으로 모였다.

"정말 사랑스러운 '동생'이라고 생각합니다."

"……."

"……그것뿐인가?"

대답을 들은 서보람은 얼굴을 굳혔고, 마찬가지로 얼

굴을 굳힌 서 회장은 이어지는 말이 더 없는지 되물었지만, 현우는 그 이상의 대답을 하지 않았다.

"……."

파들파들.

딱딱하게 굳은 표정으로 바닥에 시선을 둔 채 경련하듯 몸을 떠는 서보람의 모습은 당장에라도 껴안아주고 싶을 만큼 측은지심이 드는 모습이었지만, 현우는 저도 모르게 손이 갈 뻔한 것을 참아내며 다시 뒤돌아 발걸음을 옮겼다.

그리고 마침내 현우가 1층 홀을 지나 저택의 문에 다다랐을 때, 뒤에서 다시 한 번 서 회장의 목소리가 들려왔다.

"마지막으로… 마지막으로 하나만 더 묻지."

"……?"

현우가 고개를 돌려 쳐다보자 서회장은 여전히 굳은, 하지만 굉장히 진지한 얼굴로 질문을 던졌다.

"자넨 누군가?"

움찔!

질문을 받은 현우의 몸이 살짝 떨렸다.

그도 그럴 것이, 당장 조금 전까지 심각하게 고민을

하고 있던 현우의 화두가 아니던가.

그 화두의 대답은 위험성을 감안해 일부러 의식하지 않고 계속해서 미뤄두고 있었지만… 그렇게 미뤄둔 질문의 샘은 이미 범람 직전의 상태였다.

그런 상황에서 억지로 가둬둔 저수지에 몰아친 서 회장의 한마디는 아슬아슬한 댐의 균형을 무너뜨리는 작은 파문이 되어 현우를 뒤흔들었다.

"저는……."

달싹—

대답을 망설이며 생각에 잠긴 현우의 머릿속으로 스쳐 지나간 것은 세상이 좁다며 세상의 모든 것을 내려다보며 연구에 열중하고 있는 칼롯 코즈너가 아니었다.

매일같이 괴롭힘을 당하고 동급생과 선생들로부터 경멸의 눈초리를 받으면서도 손에서 책을 놓지 않았던 허약 체질의 어린 남학생도 아니었다.

그가 순간 떠올린 건…….

쑤와아아악!

빨려 들어갈 것만 같은 새카만 눈동자로부터 쏟아져 나온 짙은 어둠이 단숨에 현우를 감싸 안았다.

새하얗게 말라붙어 여기저기 갈라진 입술에서 흐르는 피가 뚝뚝 떨어져 현우의 얼굴 위를 타고 흘렀다.

그것은 더 이상 크리스털 속에 있지 않았다.

그것은 더 이상 외면할 수 있는 것이 아니었다.

그것은 화려했던, 혹은 비루했던 과거의 잔재가 아닌, 완벽한 현실이었다.

그것은 지금이었다.

흔들……

현우의 몸이 잠시 균형을 잃고 비틀거렸지만, 그것은 마치 일부러 그런 것처럼 너무도 자연스럽게 보였기에 그 누구도 현우의 행동에 반응하지 못했다.

현우는 입을 달싹이던 것을 멈추고 고개를 돌려 아나피와 시선을 맞췄다.

"……."

"……."

그게 끝이었다.

현우는 대답 없이 문을 열고 저택을 나섰다.

그러나 아무도 잡지 않았다.

철컥!

현우가 중얼거렸다.

"내가 누구냐니……."

말하는 현우의 목소리엔 생기가 느껴지지 않았다.

마치 조금 전 마주한 환상에서의 검은 구멍이 현우의 모든 생기를 앗아가기라도 한 듯 걸음걸이는 취한 사람처럼 비틀거렸고, 어깨는 축 처져 지면에 한없이 가까워졌다.

그런 모습으로 저택 부지를 거닐며 현우는 계속해서 생각했다.

이곳 저택에서 정신을 잃기 전, 그리고 깨어난 직후부터 가지고 있던 근원적인 의문.

자신의 정체에 대한 의문을 말이다.

본래 서 회장이 현우에게 그러한 의미로 물은 것은 아니었을 테지만, 애써 잊고 있던 화두가 서 회장의 한마디에 의해 각인된 순간, 그로 인해 일어난 파문은 의문을 가둬둔 저수지의 균형을 깨고 현우를 향해 직접적으로 범람하기 시작했다.

그렇게 현우가 애써 막고 있던 질문의 홍수가 범람하기 시작하자 머릿속으로 스스로에 관한 의문이 가득 차올랐다.

현우의 모습으로 칼롯 코즈너의 마법을 사용한 것은

누구인가.

왜 그는 화는 내면서 사람을 먼저 구하지 않았는가.

그것은 칼롯 코즈너로서의 선택인가, 아니면 인간 김현우로서의 선택인가.

그렇다면… 지금 여기에 있는 당신은 칼롯 코즈너인가… 아니면 김현우인가.

더 이상 외면할 수 없을 만큼 수많은 질문이 머릿속을 채우고, 현우는 결국 피할 수 없는 진실을 마주할 수밖에 없었다.

현우의 머릿속으로 두 개의 장면이 교차했다.

"괴물 자식!"

움찔!

"난… 괴물."

현우의 언령이 사그라들었다.

＊   ＊   ＊

현우가 나간 저택의 홀.

세 사람의 남녀가 있지만, 남자의 차분하면서도 굵직한 목소리도, 여성 특유의 맑고 짤랑거리는 소리도… 그 어느 소리도 들려오지 않았다.

서문주 회장은 자신의 마지막 질문에 현우가 대답을 하지 않고 나간 것에 대해 꽤 언짢았지만, 이내 그보다 중요한 게 있음을 깨닫고 고개를 돌려 서보람을 향했다.

서보람은 여전히 딱딱하게 굳은 얼굴로 바닥을 내려다보고 있었다.

서문주 회장이 아비 된 자격으로 실연의 아픔을 겪고 있는 딸에게 무슨 말로 위로를 해야 할까에 대해 고민하는 그때, 서보람이 입을 열었다.

"아빠… 갔어……?"

그녀가 누구를 지칭한 것은 아니지만, 서 회장은 그녀가 말하고 있는 게 누구인지 잘 알고 있었다.

"그래……."

"그… 렇구나……."

부들부들.

말끝을 흐리며 몸을 떠는 서보람의 모습에 가슴이 먹먹해진 서문주 회장은 이내 그녀 앞에서 가슴을 팡팡,

치며 외쳤다.

"흥! 제깟 놈이 눈깔이 삔 게지! 어찌 우리 보람이 같은 애를 두고 그런 멍청한 소리를! 그렇지 않느냐 보람…아?"

"헤헤… 으히……."

어쩐지 몸을 떨며 얼굴까지 가리고 있는 모습이 마치 우는 것처럼 보여 어떻게든 기운을 북돋을 속셈으로 현우의 욕을 시작한 서 회장이지만, 어쩐지 울음소리와는 확연히 다른 목소리에 욕을 하다 말고 사랑스런 딸의 이름을 불렀다.

"그… 보람아?"

"우힉! 우히히히히!"

"어헉?!"

딸애가 실연의 고통에 정신을 놓아버리기라도 한 걸까?

아마도 보기 흉하게 일그러졌을 얼굴을 양손으로 가린 채 실성한 듯 웃고 있는 서보람을 보면서 서 회장이 자리에서 일어나 한 걸음 물러섰다.

그때, 서보람이 물었다.

"아빠… 후후… 이히히! 드, 들었어?"

"으, 으응? 뭘 말이냐?"

"오빠가… 현우 오빠가… 나더러 사랑스럽대!"

"……."

순간, 서 회장의 얼굴이 그야말로 팍! 일그러졌다.

"……그러냐?"

"그것도 정말 사랑스럽대!"

떨떠름한 표정으로 대꾸하는 서 회장의 애타던 속마음을 아는지 모르는지, 싱글벙글 웃고있는 서보람의 모습에 서 회장은 왠지 짜증이 치미는 걸 느꼈다.

그가 생각하기에 서보람이 이렇게 긍정적으로 받아들여 웃고 있다면 사실 나쁜 상황은 아니지만… 어쩐지 괜스레 걱정해서 손해를 본 느낌에 바로 앞에 있는 딸임에도 벌써 출가라도 한 것마냥 가슴속이 뻥 뚫린 듯한 상실감에 서 회장은 결국 심술을 부렸다.

"그래, 정말 좋아하는 동. 생. 이었지."

동생을 강조해 말하는 서 회장의 얼굴엔 심술이 덕지덕지 붙어 있었고, 그런 서 회장을 잠시 빤히 쳐다보던 서보람이 다시 생글생글 미소를 지으며 대답했다.

"응! 내가 오빠라고 여태 불러왔더니 드디어 나를 동생이라고 불러줬잖아? 결국 내 지극정성이 통한 거야!"

기가 막힌 서보람의 긍정적인 해석 능력에 마찬가지로 기가 막히다는 표정을 짓고 있던 서 회장은 결국 그의 딸이 우울해하지 않는다는 것에 만족하기로 하고 이만 졌다는 듯 손사래를 치며 그녀가 주저리주저리 쏟아내는 현우와 관련한 이야기들을 지친 표정으로 들어주기 시작했다.

그리고 그 모든 것을 흥미로운 표정으로 옆에서 지켜보던 아나피는…….

절레절레.

누가 봐도 포기했다는 듯한 표정으로 고개를 흔들어 보이고는 곧 요 며칠간 신세 지고 있는 자신의 방으로 향했다.

그렇게 티격태격, 시끌시끌한 부녀를 두고 방을 향해 걸음을 옮기던 아나피는 마침 그녀가 지나던 창문을 통해 집으로 돌아가는 중인 현우의 모습을 발견할 수 있었다.

"아직 저기 계시네……."

저택 내의 부지가 비정상적으로 넓은 만큼 이해 못할 바는 아니었으나 아직도 저택의 창문에서 선명하게 보일 만큼밖에 멀어지지 못했다는 점은 이해하기 힘든 부분이었다.

무엇보다…….

'뭔가… 이상한 거 같은데?'

도대체 뭐가 이상한 것일까?

얼핏 보기엔 평소와 전혀 다를 바 없는 현우의 모습인데, 어째선지 오늘 보게 된 뒷모습은… 마치 다른 사람을 보는 것 같은 기분을 느끼게 했다.

아나피는 오늘 하루 종일 느껴졌던 현우의 이질감에 대해 고민을 했다.

그리고 마침내 떠올렸다.

"그래! 존댓말!"

……원래 현우는 아나피에게 반말을 했다는 것을 말이다.

사실 지금의 존댓말도 크게 불편하거나 어색하진 않지만, 어쩐지 아나피는 현우에겐 반말이 어울린다는 생각이 들었다.

"흐응, 다음에 뵈면 편하게 말해 달라고 부탁드려야겠다."

물론 현우가 그런 부탁을 들어줄지는 미지수지만…

그녀는 그렇게 생각했다.

터벅… 터벅…….

창가로 보이는 현우가 느릿느릿 멀어져 갔다.

3.
원수는 방과 후에

현우는 꽤나 먼 거리를 걸어 집으로 돌아왔다.

그러나 집으로 돌아온 현우를 반기는 건 아무것도 없었다.

그저 뒤늦게 나타난 김예린이 며칠 동안 어딜 싸돌아다녔냐며 현우의 팔다리를 주먹이며 발로 찼을 뿐.

하지만 그마저도 현우와 눈을 마주친 순간, 김예린이 질겁하며 자기의 방으로 들어가 버리는 것으로 끝나 버렸다.

다음 날 아침도 마찬가지였다.

김예린은 행여 마주칠세라 평소 현우가 나서는 것보

다도 훨씬 일찍 집을 나갔고, 현우는 멍한 눈으로 거실에서 텔레비전을 보고 있는 자신의 새엄마를 마찬가지로 멍한 눈으로 쳐다보다 평소와 다름없이 학교로 향했다.

학교에 오고 난 다음의 일들은 현우에겐 정말 익숙한 일들의 연속이었다.

현우가 등교하는 것을 발견하고 상기된 표정으로 달려왔던 이성희는 몇 마디 알아들을 수 없는 수다를 떠는가 싶더니, 이내 현우와 눈이 마주치자 질겁하며 자신의 자리로 돌아갔다.

그러곤 그날 하루 종일 현우의 곁에 다가오지 않았다.

다른 애들도 마찬가지였다.

이전보다 조금 더 멀리 떨어지긴 했지만, 평소와 다를 바 없이 모두들 현우를 피했고, 선생님들 역시 현우와 눈 마주치는 걸 꺼려했다.

그렇게 '평범한' 하루가 지나고 방과 후였다.

현우는 평소와 다를 바 없이 가방을 메고 혼자서 집으로 향했다.

현우의 주변으론 그 누구도 다가오려 하지 않았기 때문에, 그리고 현우가 사람들이 잘 안다니는 길목만을 사용해 집으로 향했기 때문에 길에는 사람이 하나도 없었다.

아니, 없어야 했다.

"하, 씨발… 이 새끼 드디어 찾았네."

"새끼, 오늘 우리 오는 거 알고 있던 거 아니야? 뭐, 이딴 길을 다녀?"

앞에 나타난 두 사람은 현우로선 난생처음 보는 사람들이지만, 그들은 현우를 잘 아는 듯 현우를 주제로 편안히 대화했다.

"와, 이 새끼 눈깔 봐라? 박성빈이, 그 어린 새끼가 말하길 완전 또라이라길래 걍 욕하느라 갖다 붙였겠다 싶었는데, 진짜 미친 새끼잖아?"

"저 새끼, 저거… 뭐, 약 한 거 아니야? 어떻게 애새끼 눈깔이 저따구야?"

그들의 대화 속에서 꽤나 오래된 추억의 이름이자 낯설지 않은 이름이 들려왔지만, 현우의 귀는 그들의 대화에 집중하지 않고 있었다.

그렇게 새카맣고 흐리멍덩한 현우의 두 눈을 보며 킬

킬대던 두 사람은 이내 품속에서 각각 너클과 장도리를 꺼내 들더니 현우에게 물었다.

"아가야, 두 발로 걸어서 갈래, 아님 내가 업어다 줄까?"

"큭큭… 뭐든 말만 하라고. 아, 참고로 걸어갈 땐 양팔이 필요 없잖아. 그치? 그러니까 잘 골라."

그렇게 킬킬대는 두 사람의 그림자가 길게 드리워져 얼굴을 가렸을 때, 현우의 흐리멍덩하던 두 눈이 크게 뜨였다.

쓰와아아아악!

"으, 응?"

"으으윽……."

두 남자는 어쩐지 몸에서 힘이 빠지고 다리가 풀리는 기분에 저도 모르게 자리에 주저앉았다.

철푸덕!

털썩!

그리고 현우는 그 둘이 양옆으로 주저앉으며 생겨난, 두 사람 사이의 길을 향해 유유히 걸음을 옮겼다.

그 순간.

빠악!

"야! 새끼들아, 뭐해? 이거 안 잡고."

"그, 그게……!"

"아, 씨발! 갑자기 힘이 빠져서 그랬어!"

풀썩.

두 사람을 지나 걸어가려던 골목에서 튀어나온 각목 하나가 현우의 뒤통수를 가격했다.

예기치 못한 기습에 현우는 순간 다리에 힘이 풀리며 자리에 주저앉았고, 그사이 몸을 추스른 두 남자가 다가와 자신을 들고 옮기려는 것을 느꼈다.

현우는 흐려진 시야에 들어오던 빛이 완전히 차단되고 이내 차의 엔진 소리를 들으며 자신이 지금 차의 트렁크에 실려 있음을 알게 되었다.

'그나저나… 왠지 정신이 좀 맑군.'

여전히 뒷목이 얼얼한 가운데 캄캄한 자동차 트렁크 속의 두 눈은 어째서인지 모르게 근 24시간 동안 가장 빛나는 중이었다.

'나는 지금 어디로 가는 거지?'

스스로는 알지 못했지만, 이것은 오늘 현우가 스스로 떠올린 첫 번째 생각이었다.

'차를 통해 이동을 할 정도면… 꽤 먼 거리라서? 아

니, 그냥 노출을 막기 위해서일지도 모르겠군.'

기술이라곤 없이 단순히 힘으로 무식하게 묶어둔 것을 알아차렸을 때, 현우는 오히려 잘됐다고 생각했다.

'차에 태워 데려가는 이유가 뭐가 됐든 이렇게 허술하게 잡아가는 꼴을 보면 마탑은 아닌 것 같으니까.'

그렇다면 안심이었다.

자신을 납치하는 목적이 무엇인지는 모르겠으나 이들이 마탑이 아니란 건 현우에게 있어 얼마든지 이곳을 탈출할 수 있다는 의미와 일맥상통했으니 말이다.

'그래도 방심은 하지 말아야지.'

지금이야 이런 어설픈 녀석들에게 붙잡혀 트렁크에 실려 가지만 도착 지점에 누가 있을지 모르는 일이었다.

'그곳에 있는 게 마탑 관련자라면… 나로선 최악의 일일 테고 말이지.'

하지만 현우는 역시 큰 걱정은 하지 않았다.

만약 정말 마탑이 관련된 일이라면, 최소한 마탑이 현우의 지식을 원하고 있다면 오히려 정중한 방법으로 데려가거나 이런 허술한 방식이 아니라, 마법을 적극 활용한 방법이었을 테니 말이다.

그렇게 현우 스스로 지금의 상황을 하나씩 분석해 나가는 도중이었다.

목 뒤로부터 올라오던 시큰한 통증이 가시자 곧 현우의 정신이 다시 침잔되어 갔다.

부우우웅… 끽!

차량이 멈춘 곳은 현우의 예상과는 달리 현우네 학교로부터 조금 거리가 떨어진, 인근 야산의 버려진 창고 건물이었다.

현우를 납치한 무리는 그곳에 도착하자마자 곧장 명한 표정의 현우를 꺼내곤 폐공장의 안쪽으로 들어섰다.

의외라면 의외일까?

꽤나 낡은 외관을 가지고 있던 공장의 내부는 대체로 깔끔하게 정리되어 있고, 전기 역시 연결되어 있는지 천장에 가득 달린 형광등 덕분에 한낮처럼 밝았다.

획.

털썩.

"이봐, 데려왔어!"

"와, 걔들이 이 새끼 여친이랑 동생이야? 꼬라지는 완전 병신인데 용케 주변엔 이런 예쁜 애들을 두고 있네?"

"읍! 으으으읍!"

"……."

현우를 바닥에 내던진 녀석들은 먼저 일을 마치고 온 다른 두 녀석에 의해 잡혀왔을 여자애들을 보며 탄성을 질렀다.

"크, 이 살 야들야들한 것 좀 보소."

"……!"

스윽—

바들바들.

특히나 그중 한 놈은 여자들의 미모에 굉장히 심취한 듯, 곧장 그녀들을 앉혀놓은 곳으로 다가가 거침없이 치마 밑으로 손을 집어넣었다.

그때, 옆에 있던 다른 여자애가 온몸을 날려 녀석의 손을 제지하며 성질을 냈다.

"읍! 으으읍! 읍읍으읍!"

"어쭈? 요거, 싱싱하네, 진짜."

방금 전 치마 속으로 손을 넣다가 방해를 받은 녀석은 자신을 제지한 여자애의 행동에 화를 내기보단 그런 모습이 귀엽다는 듯 이번엔 오히려 그 애의 치마 속으로 손을 밀어 넣었다.

"……!"

파닥파닥!

"아, 가만히 좀 있어봐!"

하지만 워낙 완강히 버티는 탓에 매번 그 손은 치마 속에 들어가기 무섭게 도로 튀어나와야만 했고, 이내 그런 상황이 몇 번 계속되자 짜증이 난 놈이 다른 한 손을 들어 올렸다.

"이 씨발 년이! 가만히 안 있어?"

퍽!

"우우욱……!"

입에 재갈이 물린 여자가 고통을 호소했다.

하지만 그러거나 말거나 배에 주먹을 꽂아 넣은 녀석은 몸을 웅크리고 부들부들 떨고 있는 소녀를 보며 오히려 얌전해졌다고 좋아하며 치마를 들쳐 엉덩이를 주무르기 시작했다.

"욱… 우우욱……!"

"낄낄, 그러게 처음부터 조용히 있었으면 됐잖아. 뭣하러 처맞고 나서 말을 듣는 거야?"

녀석의 손에 능욕당하며 눈물을 줄줄이 흘리던 여자

는 이내 그녀의 앙증맞은 속옷 안으로 침투하려는 거친 손길을 느끼며 눈을 질끈 감았다.

그때.

"그쯤 해둬."

녀석의 하는 꼴을 지켜보고 있던 다른 한 녀석이 놈의 파렴치한 행동을 저지했다.

"엉? 왜? 손대지 말래?"

"뭐, 그런 말은 없었지만… 척하면 착이지. 안 그래?"

하지만 특별히 정의감이나 도덕관에 의거한 판단은 아니었다.

그저 의뢰인이 잡아오라고 한 두 사람의 사용 용도를 그들의 머리로 생각해 보면 오직 그것밖엔 없었으니, 괜히 나중에 딴소리하지 못하게 의뢰품에 흠이 가지 않도록 한 것뿐이었다.

"쳇, 좋다 말았네."

"어차피 다 갖고 놀면 우리한테 던져 줄 건데 뭘."

"……그래선 싱싱한 맛이 없잖아."

당사자가 듣는 앞에서 아무렇지 않게 절망적인 미래를 떠들어 대는 녀석들의 모습은 무뢰배, 그 자체였지만, 이곳엔 그들을 제지해 줄 정의의 용사가 존재하지 않았다.

머엉—

그저 모든 걸 잃은 남자가 있을 뿐.

"야, 근데 저 새끼 저거 왜 저래? 이 여자들보다 저 새끼 상태가 더 중요한 거 아니야?"

"글쎄? 나도 몰라. 처음 봤을 때부터 저 꼬라지였으니… 진짜 약이라도 한 거 아닌가 몰라?"

"이거… 괜히 나중에 한 소리 듣는 건 아니겠지?"

"이 새끼 연기하는 건 아니고?"

납치범 무리가 현우의 상태를 평가하는 그때, 마지막으로 말한 녀석이 느닷없이 현우의 가슴팍에 발차기를 날렸다.

퍼억!

"우우……."

발끝이 안 보일 만큼 현우의 가슴팍을 깊게 파고든 발차기였지만, 그렇게 큰 충격을 받고도 무거운 신음을 흘리는 수준에 그친 현우의 반응에 발을 날린 녀석이 혀를 차며 말했다.

"쳇, 연기는 아닌가 보네? 진짜로 미친 건가?"

"아야, 좀 살살해라. 그러다 흠집 났다고 그 새끼가 떼쓰기 시작하면 답도 없어."

이번에도 여전히 현우의 상품성에 대해 걱정하는 녀석이었다.

그리고 그때.

가슴팍을 강타한 고통 속에서 현우의 눈동자에 다시한 번 생기가 돌아왔다.

'크으윽… 저런 무식한 자식들… 느닷없이 발길질이라니…….'

그야말로 느닷없다는 말이 잘 어울릴 만큼 급작스런 발차기였기에 반응을 하지 못한 현우는 저런 녀석에게 너무 쉽게 한 방 먹었다는 게 못내 억울했다.

조금만 틈이 있었더라면 녀석들 몰래 마법을 걸어 충격을 최소화했을 텐데 말이다.

'그나저나… 반장과 김예린까지 잡아온 건가?'

현우는 자신의 시야가 닿는 곳 한 켠에 포박당한 모습으로 재갈까지 물린 채 조용히 무릎 꿇고 앉아 있는 이성희와 치마가 허리까지 말려 올라간 모습으로 눈물을 줄줄 흘리고 있는 김예린의 모습을 보고 순간 갑자기 가슴이 답답해졌다.

화가 났기 때문이라고 해야 할까, 아니면 방금 전에 맞은 통증 탓이라고 해야 할까?

현우는 뭐라 정의하기 힘든 갑갑함에 짜증이 났다.

지금 당장이라도 자리를 박차고 일어나 이딴 허술한 포박 따위 풀어버리고 '그때' 처럼 여기 있는 녀석들을 몽땅 쓸어버리고 싶다는 생각이 간절했다.

마치 '괴물' 처럼 말이다.

'크읏……!'

괴물이란 말을 떠올린 순간, 어째선지 현우는 극심한 두통에 시달려야만 했다.

왜 그런 것일까, 하는 생각이 떠오를 겨를도 없이 쏟아지는 통증에 현우는 바닥을 좌우로 굴렀다.

"으으… 우으으으……!"

데굴데굴!

"야야, 대체 얼마나 세게 찬 거야? 저 새끼 지랄 났잖아."

"엥? 그렇게 세게 안 찼는데? 저 새끼, 진짜 연기하는 거 아니야?"

"일단 가서 한 번 봐봐. 괜히 뭐 하나 부러져서 뒈지기라도 하면 곤란해져. 최소한 박성빈, 그 어린놈이 올

때까진 살려놔야 해. 뒈지더라도 그 새끼 손에 맞아 죽은 걸로 해야 하니까."

그들이 의뢰 받은 내용은 현우를 포함해 반장 이성희와 현우의 여동생을 데려오라는 것이었다.

물론 의뢰 내용은 말 그대로 데려오라는 말뿐이어서 딱히 현우들을 다치게 해서는 안 된다는 말은 없었지만, 그들에게 의뢰를 맡긴 의뢰주는 성격도 꽤나 싸이코 같은 면이 있는데다 그들에게 있어선 보기 드문 큰손이었기에 현우네의 상태에 최대한 신경을 쓰는 것이었다.

만약 이번 의뢰에 걸린 돈이 그리 크지 않았더라면, 현우는 물론이고, 이성희와 김예린 역시 험한 꼴을 면치 못했을 것이다.

"젠장, 귀찮은 놈일세."

투덜투덜거리면서도 자신들의 돈줄이라고 생각해 걱정이 되는 건지, 금세 곁으로 다가온 녀석이 쓰러진 현우의 팔을 묶고 있던 포박을 풀고 웃옷을 벗겼다.

아니, 벗기려 했다.

후욱!

상체의 포박이 풀린 현우는 녀석이 교복 단추를 풀기

위해 고개를 숙여 딱 밀착한 순간, 재빨리 팔을 뻗어 한 손을 녀석의 겨드랑이 밑에서부터 목 쪽으로 당겨 팔뚝으로 몸을 휘감았다.

그러고는 나머지 팔로 목에 건 팔을 온 힘을 다해 잡아당겼다.

"컥! 케헥!"

"뭐, 뭐야, 저 새끼!"

"진짜 연기였냐?!"

갑작스런 상황에 납치범 녀석들의 얼굴이 당혹감으로 물들었다.

그와 동시에 여전히 바닥에 널브러져 있던 이성희와 김예린의 눈에 아주 작은 희망의 빛이 감돌았다.

그리고 현우 역시 마찬가지였다.

'크, 더럽게 아프군. 그래도 고통이 자극이 되었는지 오히려 몸이 더 빠르게 움직여지긴 한다만……'

현우가 지금 목을 조르고 있는 방법은 종합 격투기를 많이 봐온 사람이라면 한 번쯤은 봤을 트라이앵글 초크였다.

이는 목의 경동맥에 압박을 가해 뇌로 가는 산소를 차단하는 기술로, 제대로 걸린다면 벗어나는 방법을 떠올리기도 전에 기절할 수밖에 없는, 무서운 기술이었다.

현우는 지금껏 단 한 번도 이 기술을 사용해 본 적이 없었다.

하지만 예전에 읽은 책에서 기술의 원리와 사용법을 읽고, 이렇게 수적으로나 힘으로나 압도적으로 불리한 상황에서 확실하게 한 명을 이탈시킬 수 있는 방법이라고 생각했기에 곧장 트라이앵글 초크를 시전한 것이었다.

펄떡펄떡!

퍽! 퍽!

'제길, 역시 힘이 약한가?'

훌륭하게 단련된 무도가였다면 기술이 들어간 순간부터 단 몇 초 내로 상대를 눕힐 수 있었을 테지만, 아쉽게도 현우는 육체 단련과는 꽤나 거리가 먼 사람이었다.

약한 힘 탓에 단숨에 제압되지 않은 녀석은 기술에서 벗어나기 위해 온몸을 흔들며 저항했다.

녀석은 잡히지 않은 팔로 현우의 몸 여기저기를 가격해 댔고, 현우는 그 고통 속에 더욱더 또렷해지는 정신으로 정말 젖 먹던 힘까지 다해 녀석의 목을 끌어안았다.

그리고 마침내 녀석이 멈춰 섰다.

우뚝.

'돼, 됐나?'

현우를 매단 모습 그대로 우뚝 멈춰 선 모습에 현우는 기뻐했고, 우왕좌왕하던 녀석의 동료들은 그 모습을 보더니 함께 멈춰 섰다.

현우는 상대가 기절했다고 여겨 녀석의 몸에서 기어 내려오고자 팔에 힘을 슬그머니 풀었다.

그 순간.

후욱—!

'어……?'

팔뚝을 통해 거친 숨결이 느껴진 순간, 현우는 저도 모르게 반사적으로 다시 팔뚝에 힘을 줬다.

하지만…….

후웅!

쿠당탕!

마치 지금까지 잡혀 있던 게 거짓말이라도 되는 양 녀석이 팔에 매달린 현우를 통째로 들어 올려 바닥에 내려쳤다.

납치범 녀석이 기절하기 전까진 절대 떨어지지 않을 생각으로 붙어 있던 현우가 단숨에 내동댕이쳐졌다.

"커어어억……!"

등을 타고 전해지는 커다란 충격과 고통에 현우는 비명조차 지르지 못하고 마치 바닥에 내팽개쳐진 개구리마냥 팔다리를 바들바들 떨며 쓰러진 모습 그대로 굳어버리고 말았다.

하지만 그게 끝이 아니었다.

퍽! 퍼벅!

"이! 개새끼가!"

현우의 기술이 납치범 녀석을 끝장내진 못했지만 효과가 있었음을 증명이라도 하듯 거칠게 숨을 몰아쉬는 녀석의 두 눈은 잔뜩 핏발이 서 있고, 얼굴은 시뻘겋게 달아올라 있었다.

아니, 녀석의 얼굴이 달아오른 게 단순히 숨을 쉬지 못해서만은 아닌 듯, 쓰러진 현우를 구타하면 할수록 녀석의 얼굴은 분노에 차 더욱 붉게 달아오르고 있었다.

"이 새끼! 어린놈의 새끼가! 죽어!"

퍽! 퍽! 퍽!

"……."

"어디 또 반항해 보시지, 이 새끼야!"

끝도 없이 이어지는 구타 속에서 어느 순간부터 미동조차 않는 현우였다.

그 모습을 지켜보던 납치범의 동료들이 그를 제지했지만, 그땐 이미 현우의 본래 모습을 가늠하기 힘들 만큼 얼굴이 변해 있었다.

그야말로 반죽음이 된 뒤였다.

사실 납치범의 동료들로선 저렇게 맞다가 현우가 죽으면 자신들 손해일 수밖에 없기에 구타하는 그를 이전부터 타이르긴 했다.

하지만 이들 무리에서 힘으로는 도저히 당할 자가 없는 인간이 바로 현우를 구타하던 녀석이었다.

진심으로 분노한 녀석의 손에 실수로라도 잘못 맞았다가는 병원 신세를 지기 십상이었기에 녀석들은 최후의 최후까지 기다리다 정말 현우의 숨이 간당간당해졌을 때에야 적극적으로 그를 말린 것이었다.

"시익… 시익……."

쓰러져 움직이지 못하는 현우는 간신히 숨이 붙어 있

다는 걸 알리기라도 하듯 간간이 가슴에 기복을 보이며
거친 숨을 몰아쉬었다.

분노에 젖어 현우를 마구잡이로 구타하던 녀석은 아
직도 분이 풀리지 않았는지 무언가 분풀이할 것을 찾아
씩씩, 콧김을 뿜으며 주변을 두리번거렸다.

그때, 녀석의 눈에 들어온 것이 있었다.

쫘아악!

"으으읍! 우우우읍!"

"이 쌍년이! 가만히 안 있어?"

놀란 동료들이 황급히 제지했지만, 이미 눈이 뒤집힌
녀석은 멈출 수가 없었다.

녀석은 동료들의 말도 무시하고 바닥에 쓰러져 있던
김예린의 교복 상의를 거칠게 뜯어냈다.

여전히 포박된 상태인지라 뒤집힌 치마조차 정리하
지 못한 채 바닥에 모로 누워 있던 김예린은 부지불식
간에 자신의 교복 와이셔츠를 찢으며 파고드는 손길에
저항하고자 도리질 쳤다.

하지만 무의미한 행동이었다.

납치범의 손은 김예린의 무의미한 저항을 뚫고, 이내
그 어떤 남자에게도 허락되지 않은 그녀의 뽀얀 젖가슴

을 덥석 쥐고야 말았다.

"……!!"

자신의 가슴 위로 느껴지는, 난생처음 느껴보는 거친 감각에 두 눈을 크게 뜨며 진저리를 친 김예린은 이내 그 큰 눈으로 닭똥 같은 눈물을 뚝뚝 흘리기 시작했다.

주물주물.

"크흐흐… 이 쌍년, 니가 이렇게 당하는 건 저런 버르장머리 없는 새끼를 오빠로 둔 탓이야."

김예린의 가슴을 거침없이 농락하던 녀석은 지금 이 모든 게 현우 탓이라 몰아가며 자신의 욕구를 채우기 시작했다.

그리고 마침내 모로 누운 김예린을 정자세로 눕히더니, 그녀의 몸 위로 몸을 실었다.

가녀린 몸 위로 느껴지는 육중한 무게감에 김예린은 곧 자신에게 벌어질 끔찍한 상황을 떠올리며 몸을 펄떡였다.

하지만 그것은 오히려 납치범을 자극하고야 말았다.

"이 쌍년이 지 오라비를 닮아서는…… 반항을 해?"

짜악!

솥뚜껑만 한 커다란 손이 김예린의 한쪽 뺨에 작렬

했다.

그 충격에 휙, 고개가 꺾인 김예린은 바닥에 시체처럼 누워 있는 현우와 마주 보게 되었다.

김예린의 눈은 무언가를 찾는 것처럼 바쁘게 현우의 몸을 훑어 나갔고, 미동도 못하던 현우는 간신히 눈동자만을 움직여 그녀와 눈을 맞췄다.

두 사람의 시선이 마주하고 잠시 침묵이 흘렀다.

아니, 본래부터 한 사람은 재갈이 물려 있고, 다른 한 사람은 입을 열 기력조차 없긴 했지만… 만약 지금 대화가 가능한 상태라도 둘 사이에 대화는 없을 터였다.

그리고 그때, 여전히 그녀의 몸 위에 걸터앉아 얌전해진 김예린을 더듬고 있던 녀석은 서로 마주 보고 있는 두 남매를 보며 무슨 생각이 떠올랐는지 씨익 웃으며 한 손으로 김예린의 머리를 짓눌렀다.

그녀의 시선이 계속 현우를 향하도록 한 것이다.

"자, 잘 봐둬. 네년은 지금 저기 저 새끼 때문에 이런 꼴이 된 거야. 알겠어? 그리고 너, 이 새끼야. 지금 니 동생 년은 니가 반항한 것 때문에 오늘 여기서 잊지 못할 추억을 만드는 거야. 알겠냐? 응?"

그렇게 말하는 녀석의 다른 손은 김예린의 속옷 위로 소중한 곳을 마음껏 더듬는 중이었다.

그 손길에 연신 진저리를 치는 김예린의 모습을 보며 침까지 흘리던 녀석은 마침내 욕정으로 눈이 뒤집혀선 속옷을 벗겨내기 시작했다.

김예린은 이젠 더 이상 흘릴 눈물조차 없다는 듯, 멍한 눈길로 현우를 바라보았다.

손가락 하나 까딱하지 못하는 현우는 유일하게 움직일 수 있는 두 눈으로 김예린의 빛이 꺼져 가는 눈을 바라보고 있었다.

그러다 납치범의 손에 가슴이 그야말로 쥐어짜이고 있는 김예린의 모습이 눈에 들어오자 현우의 눈동자가 뜨겁게 불타올랐다.

지금 당장이라도 자리를 박차고 일어나 김예린의 몸을 더듬고 있는 녀석에게 한 방 먹여주고 싶은 마음이 간절했다.

하지만······.

'움직여··· 제발!'

현우는 온몸이 깨져 나갈 듯한 고통 속에서 움직이지

않는 입을 대신해 속으로 몇 번이고 외쳤다.

그러나 어째서인지 주변을 노닐고 있을 마나는 현우의 명령을 전혀 따르지 않았다.

'이젠 좀 움직이라고!'

사실 마나를 사용하려는 시도는 맨 처음, 납치범 녀석에게 반격을 가하려던 순간부터 계속해서 하고 있었다.

그때부터 지금까지 마나는 현우의 의지에 전혀 반응하지 않았고, 오히려 현우를 구타하던 녀석의 몸 주변으로 모여들었다.

납치범 녀석의 순수한 분노와 구타를 하는 몸놀림에 주변의 마나가 호응한 것이었다.

그 모습을 보며 얼마나 어처구니가 없던지…….

현우는 그때 그 순간만큼은 마나를 부르는 것조차 잊은 채 고스란히 맞고 있어야만 했다.

뭐, 그 후로도 여전히 마나를 컨트롤할 수 없었기에 맞는 것은 마찬가지였지만.

어쨌거나 그렇게 전혀 통제되지 않는 상황 속에서 마나까지 받아들이기 시작한 녀석의 주먹을 맨몸으로 맞은 현우는 정말 손 하나 까딱할 수 없는 상태가 되어버렸다.

믿을 것이라곤 마법뿐인 상황에서 김예린이 위기에 처한 지금, 현우는 자신의 의지에 미동도 않는 마나를 보며 울분을 터뜨렸다.

'어째서! 왜!'

일평생을 쌓아온 언령의 힘은 단 한 번도 현우를 배신한 적이 없었고, 앞으로도 그러리라 생각했다.

그런 현우였기에 마나가 움직이지 않는 것에 정말이지 커다란 배신감을 느끼고 있었다.

수백 년의 세월을 살아오며 오직 단 두 가지만을 믿어온 현우가 자신이 신뢰하던 마나에 배신을 당한 기분은 도저히 말로 설명할 수 없는, 그런 종류의 절망감이었다.

'제기랄! 움직이라고, 제발!'

짜악!

그때, 현우의 시야 속으로 납치범 녀석이 김예린의 뺨을 때리는 것이 보였다.

그 모습을 본 현우는 다시금 필사적으로 마나를 불러 모았지만……

"자, 잘 봐둬. 네년은 지금 저기 저 새끼 때문에 이

런 꼴이 된 거야. 알겠어? 그리고 너, 이 새끼야. 지금
니 동생 년은 니가 반항한 것 때문에 오늘 여기서 잊지
못할 추억을 만드는 거야. 알겠냐? 응?"

녀석의 손이 김예린의 하반신을 파고들 때까지도 마
나는 움직이지 않았다.

그리고 속옷이 벗겨질 위기에 처한 그녀가 마지막 반
항을 하고, 다시 몇 번의 따귀를 맞았을 때…….

짝! 짝! 짜아악!

절망에 잠긴 김예린의 눈동자와 눈을 맞춘 현우의 가
슴 깊은 곳에서부터 강렬한 분노가 솟구쳐 올랐다.

꿈—틀!

움찔!

그런 현우의 기분을 알기라도 한 걸까?

아주 짧은 순간이지만 현우의 곁에 있던 마나가 작은
떨림을 일으켰다.

그러나…….

부오오오웅—!

'이…건……!'

분노 속에서 무언가를 발견한 현우는 그 작은 떨림을
감지하지 못했다.

현우의 눈동자에 기묘한 붉은빛 기운이 떠오르는 순간이었다.

저벅저벅.

"자자, 거기까지입니다."

짝! 짝!

현우를 비롯한 세 남녀와 납치범 다섯 명의 눈동자가 소리가 나는 곳을 향했다.

납치범들의 얼굴이 일그러졌고, 현우들 중 유일하게 고개가 자유롭던 이성희의 눈동자가 크게 뜨였다.

그곳엔 깔끔하게 짧은 스포츠머리에 캐주얼한 일상복을 말끔히 빼입은 한 남자가 손뼉을 치며 그들이 있는 곳으로 다가오는 중이었다.

그렇게 그가 몇 걸음 더 그들에게 다가왔을 때.

스윽.

놀랍게도 여태 자신의 혁대와 김예린의 속옷을 번갈아가며 끌러 내리던 납치범 녀석이 자석에라도 이끌린 듯 김예린의 몸에서 떨어져 나와 자리에서 일어섰다.

꽤나 얼굴을 굳히고 있는 녀석의 표정에는 망했다는 짜증 섞인 감정이 녹아 있었고, 그런 그를 보는 다른 납치범들은 여태 겁이 나 함부로 보내지 못하던 책망하는 눈빛을 띠었다.

"하하, 제가 좀 더 늦게 올 걸 그랬나요?"

놀리기라도 하듯 납치범을 바라보며 늦게 왔으면 좋
았겠냐며 빙글빙글 웃어 보이는 남자는 어쩐지 익숙한
목소리로 바닥에 드러누운 현우들을 보며 물었다.

"아니면 좀 더 빨리 올 걸 그랬나요?"

현우는 눈앞의 지옥 같은 상황이 종결된 것에 대해
내심 안도하면서도 한편으론 바짝 경계의 날을 세웠다.

누구인지는 알 수 없지만, 납치범들의 반응을 보면
누가 봐도 지금 걸어오고 있는 남자가 바로 이들을 사
주한 장본인임을 알 수 있었으니 말이다.

그때, 현우의 눈앞으로 새하얀 남성용 단화가 다가왔
다.

"이런, 좀 더 늦게 왔으면 제 몫이 없을 뻔했네요."

가까이서 현우의 상태를 확인한 목소리의 남자는 안
타깝다는 듯 쯧쯧, 혀를 차는가 싶더니, 이내 현우에게
뒤꿈치를 보이며 납치범들을 향해 돌아섰다.

그러자 곧장 납치범들 사이에서 변명이 튀어나왔다.

"아, 아니, 그게… 저 어린 새끼가 은혜도 모르고 갑
자기 반항을 해서……."

"호오, 어떻게요?"

"그… 그게……."

억울한 것인지, 아니면 뭐든 일단 변명을 해야겠다는 생각이었는지, 납치범들 중 현우를 이렇게 만들고 김예린을 겁탈하려던 녀석이 주저리주저리 떠들었다.

하지만 남자의 질문에 쉽게 대답할 순 없었다.

애당초 현우에게 반격의 계기를 준 게 자신이었다.

현우를 발로 찼다가 몸 상태를 확인하느라 포박한 것을 풀어준 탓이 아니었던가.

나름 물건을 잘 챙겨 와야 하는 의무가 있던 납치범으로선 먼저 빌미를 만든 셈이었으니, 입이 열 개라도 할 말이 없었다.

그렇게 납치범이 우물쭈물하고 있을 때, 남자가 기분 좋은 목소리로 말했다.

"뭐, 어차피 주제 파악도 못하는 이 쓰레기 녀석이 뭔가 여러분의 기분을 상하게 할 만한 짓을 먼저 한 거겠죠."

남자의 말에 눈이 번쩍 뜨인 납치범은 조금씩 숙여져 가던 고개를 번쩍 들고 신이 난 듯 맞장구쳤다.

"그, 그렇지! 저 어린놈의 새끼가 우리가 데려올 때

부터 거슬리게 하더니… 여기 와선 별로 세게 찬 것도 아닌데 죽겠다고 난리를 피우더라니까? 그러니 어쩌겠어? 우리로선 네가 시킨 일인데 완벽하게 하고 싶기도 하고… 뭐, 탈이라도 났을까 봐 잠깐 확인 차 줄을 풀어줬더니 오히려 내 목을 조르지 뭐야!"

마치 현우가 정말 나쁜 놈이라는 듯한 어조로 말하는 납치범의 자기변호였지만… 어쨌거나 현우를 먼저 찾다는 말이었다.

게다가 그의 말은 앞뒤가 안 맞는 것이, 정말로 현우네에게 탈이 나는 것을 원치 않았다면 발로 차는 것은 물론, 이렇게 만들거나 이성희나 김예린을 건드려서도 안 되었다.

즉, 납치범의 말은 그냥 말도 안 되는 변명에 불과했다.

그럼에도 새로 나타난 남자는 납치범의 말에 크게 공감한다는 듯, 크게 한숨까지 쉬어가며 그 말에 맞장구쳤다.

"허참, 그럴 수가 있나. 이 쓰레기 녀석… 답이 없는 새끼인 건 알았지만 그 정도였다니……. 게다가 저번에도 내 앞에서 연기를 하다 걸려서 처맞아놓고 여기서

또 연기를 했단 말이지? 쯧쯧, 넌 그렇게 처맞아도 싸
다."

'저번에도……?'

현우는 녀석의 말속에서 힌트를 듣고 머릿속 인물들
의 목록을 빠르게 훑어 내렸다.

사실 아까부터 현우는 이 일을 사주한 녀석이 누구인
지 알기 위해 자신와 다툼이나 원한이 있을 법한 사람
을 열심히 떠올리는 중이었다.

곧 나타날 게 뻔하긴 하지만, 혹여 여러 이유로 인해
처치가 곤란하다면 나중에 처리해 버릴 요양이었기 때
문이다.

하지만 이렇게 현우들을 대놓고 납치할 만큼 어마어
마한 원한을 가진 사람은 좀처럼 찾을 수 없었다.

물론 이전의 현우가 사회 부적응자에 가까운 언변으
로 눈총을 받고 많은 사람들의 '무지'를 일깨워 주는
과정에서 많은 사람들에게 모욕을 주었지만… 그렇다
고 이렇게 사람을 써서 납치를 벌일 만한 인물이 있는
것은 아니었다.

아니, 사실 그런 게 가능할 법한 인물이 하나 있긴
했다.

하지만 그들 2인조는 당시 마탑의 부탑주에게 잡혀 직접 경찰에게 넘겨졌기에 지금 이곳에 있는 게 불가능했다.

하지만 인간에게 불가능이란 없는 걸까?

남자가 말속에서 흘린 힌트를 통해 현우는 상태가 누구인지 확신할 수 있었다.

'박… 성빈.'

불과 몇 달 전까지 현우네 반… 아니, 현우네 학교를 암중에서 주물럭거리던 인물.

자그마치 폭군이라 불리던 절대권력의 소유자 박성빈이었다.

학생의 신분이라 해도 절대로 쉽게 빠져나올 수 없는 커다란 중범죄를 저질러 현행범으로 잡혀간 박성빈은 상식적으로 이곳에 있어서는 안 되는 인물이었다.

'그러고 보니 아까도 이름을 듣긴 한 거 같은데…….'

이름이 떠오르고 보니 납치되던 과정 중 아까 현우의 앞에서 박성빈의 이름이 언급된 적이 있던 게 떠올랐다.

그러나 어째서인지 그 순간의 기억은 마치 꿈속의 일

처럼, 현우가 다른 인격에 몸을 맡겼을 때처럼 흐릿한 기억으로 남아 있었다.

아니, 정확히는 그 순간뿐만 아니라 현우가 트렁크에서 잠시 생각을 하던 순간과 납치범에서 얻어맞기 전까지의 기억 모두가 아른거리는 신기루처럼 느껴졌다.

이런 이상한 현상에 현우는 내심 고개를 갸웃거렸지만, 이내 그런 의문으로부터 고개를 돌렸다.

지금 당장 눈앞의 상황이 상상 이상으로 위험하다는 것도 문제이긴 하지만, 어째서인지 그것에 더 이상 의문을 갖고 싶지 않다는, 근원을 알 수 없는 생각이 현우를 그 의문으로부터 눈을 돌리게 했다.

그렇게 현우가 박성빈의 존재에 의문을 제기할 때, 마치 그런 현우의 마음을 읽기라도 한 것인 양, 박성빈이 현우의 궁금증을 풀어줬다.

"왜? 내가 이곳에 있는 게 신기해?"

빙글빙글 웃음 지으며 말하는 그의 얼굴은 폭군 시절 때보다 훨씬 더 멋진 쾌남의 모습이었다.

다만, 그 눈동자에 담긴 음험함은 현우가 여태 보아온 위험인물들 중에서도 손에 꼽을 만큼 무시무시한 광기를 머금고 있었다.

"그래, 신기할 법도 하겠지. 솔직히 말하자면 나도 신기한걸. 그렇게 빼도 박도 못할 상황에서 딱 걸렸는데 이렇게 버젓이 사회의 공기를 마시고 있다는 게."

털썩!

그렇게 말하며 현우가 쓰러져 있는 바로 앞, 흙바닥에 아무렇지 않게 주저앉은 박성빈은 광기로 번들거리는 눈으로 눈동자만 간신히 움직이는 현우와 눈을 맞추며 대화를 이어갔다.

"그런데 이곳 대한민국이란 게… 돈이 있으니 다 되더라고?"

그렇게 말하며 실실 웃어 보이는 녀석은 품에서 두툼한 하얀 봉투를 꺼내 들며 다시금 말을 이었다.

"물론, 한두 푼 든 건 아니었지. 돈을 써야 할 곳이 워낙 많아서… 정말 우리 아빠한테 얼마가 들어갔는지 들었을 땐 미안해서 어떻게 해야 할지 모를 정도였다니까? 뭐, 덕분에 정신과 진료 기록이 잔뜩 생겨서 덤으로 군대까지 안 가게 됐지만……."

집단 폭행과 강간 미수 같은 중범죄를 저지르고도 어떻게 이렇게 멀쩡히 있을 수 있는지, 그 대답이 나오는 순간이었다.

"어때? 개 같지 않아? 그때 분명 몸 바쳐 잡아넣은 개새끼가 돈 좀 여기저기 바른 걸로 금방 풀려나선 네 앞에 다시 나타나 이렇게 복수를 하고 있는 게? 물론 들어간 돈이 꽤 크긴 했지만… 어쨌거나 너로선 억울할 수밖에 없겠지. 그래서 조금 덜 억울하라고 이걸 가져왔어."

턱!

박성빈의 품에서 나온 건, 요즘은 보기 힘든 카세트와 테이프였다.

녀석은 품에서 꺼낸 카세트의 재생 버튼을 누르더니, 눈동자에 의문을 띄워가는 현우를 보며 손가락을 들어 조용히 하라는 제스처를 취했다.

그리고 잠시 뒤.

지이이…….

—으아아아! 박성빈, 이 개새끼야! 나가면 가만두지 않겠어! 이 씨발 새끼야! 반드시 죽여 버릴 테니까!

지이이이…… 찰칵!

카세트테이프 특유의 필름 돌아가는 소리 속에 들려온, 어쩐지 낯익은 목소리에 현우의 눈동자가 움찔거렸다.

그것을 확인한 박성빈이 호탕하게 웃어 보였다.

"와하하핫! 어때? 걸작이지? 크크크… 진짜 이 세상에 돈으로 안 되는 게 없더라니까? 어때? 이게 누구목소린지 알겠어? 아, 아냐, 아냐. 말하지 않아도 돼.아무래도 무리겠지, 그 상태론."

시원하게 웃어 보이며 혼자서 북 치고 장구 치고, 그야말로 미친 사람처럼 떠들어 대던 박성빈은 이내 앉은자세 그대로 몸을 모로 돌렸다.

그러고는 벽에 기대앉아 와들와들 몸을 떨고 있는 지난날의 또 다른 원수 이성희를 보며 말했다.

"성희야… 우리 반장. 이게 누구 목소린지 알아들었어? 응? 잊을래야 잊을 수 없는 목소리지. 안 그래?"

그렇게 말하며 기묘한 웃음을 지어 보이는 박성빈의표정은 그야말로 광기에 물들어 있었다.

그 모습에 이성희는 저도 모르게 고개를 끄덕였다.

박성빈은 다시 박장대소를 하며 말했다.

"푸하하! 그래, 맞아! 이거, 그 녀석 목소리야! 정찬수! 왜, 그 알잖아? 오늘 말고… 저번에 비슷한 일이있었을 때, 니 치마 벗기려고 했던 녀석! 너 그거 때문에 울었잖아? 안 그래?"

마치 옛 친구들과의 유쾌한 추억을 말하는 것처럼 아무렇지 않게 그날의 일을 들먹인 박성빈은 말이 끝났을 무렵엔 이미 이성희를 향하고 있지 않았다.

스윽—

다시 돌아앉은 박성빈이 현우를 보며 말했다.

"어때? 신기하지? 돈만 있으면 이런 게 가능하단 말이야. 돈을 여기저기 잔뜩 발라서 내가 한 모든 짓을 이 녀석이 뒤집어쓰고 지금 교도소에 들어가 있거든? 내가 그동안 묻어뒀던 것들까지 다 덤으로 붙여줘서 형량도 꽤 길어. 혹시 들어봤어? 김천의 소년 교도소. 거기 꽤 오래 있을 예정이니까… 만약 여길 나가게 되면 면회 한 번 가보라고. 나도 그랬지만, 찾아가면 격하게 반겨줄 거야, 아마."

그렇게 말하며 여태 손에 쥐고 있던 하얀 봉투를 들어 보인 박성빈은 고개를 돌려 멀뚱히 서 있는 납치범들을 향해 그 두툼한 봉투를 던져 줬다.

그러자 여태 아무 말 없이 조용히 서 있기만 하던 납치범들이 너나 할 것 없이 바닥에 떨어진 봉투를 향해 달려들었다.

"야! 새꺄! 내가 집을 거야!"

"이 병신아! 어차피 나눌 건데 누가 집든 뭔 상관이
야!

"개새끼야, 내가 지금 봤어! 봉투 열지 마!"

"가만히 좀 있어봐, 병신들아!

그야말로 난장판이 된 그 모습을 보면서 여전히 빙글
빙글 웃음 짓고 있던 박성빈이 말했다.

"자, 봐. 신기하지? 너희를 여기까지 데려온 그 무
서운 아저씨들이 돈만 주면 저렇게 어린애들이 된다니
까?"

난장판이 된 꼴을 보며 어린애 같다고 표현하는 박성
빈의 심미안에 소름이 돋을 지경이었지만, 아직 녀석의
말은 끝난 게 아니었다.

"기억하지? 내가 너를 불러냈던 그날 말이야……."

스으스윽.

그렇게 말하며 현우의 부어오른 얼굴을 쓰다듬는 박
성빈의 손길에는 소중한 것을 대하듯 약간의 떨림이 묻
어 있었다.

현우는 그 기분 나쁜 감촉에 몸이 떨려왔지만, 그것
은 뇌의 생각일 뿐이었다.

지금 현우는 그런 사소한 반응조차도 할 수 없었다.

"그래… 지금의 이 순간을 만들어낸… 바로 그때 그 날의 일……."

쓰으윽! 쓰으으윽!

박성빈의 손은 여전히 떨리고 있지만, 현우의 얼굴을 쓰다듬는 손길은 처음과 사뭇 달랐다.

부기를 도로 밀어 넣기라도 할 요량인지, 그 손은 부들부들 떨리는 와중에도 힘이 들어가 있었다.

얼굴 위로 옅게 딱지가 생긴 상처를 문지르며 피가 배어나도록 힘을 주었다.

그리고 박성빈이 다시 입을 열었을 때, 더 이상 손에 떨림은 느껴지지 않았다.

"내 인생이… 이렇게 밑바닥에 처박히게 된 그때 그 일! 네놈을 학교의 영웅으로 만들었던 그날의 일 말이야! 엉?! 기억하고 있냐, 김현우!"

꾸우우욱!

현우의 부어오른 얼굴을 커다란 손으로 힘껏 내리누르는 박성빈의 손은 당장에라도 질식시킬 듯, 혹은 얼굴을 뭉개 버릴 듯 강한 힘으로 가득했고, 그 손은 현우의 상처에서 배어 나온 피로 새빨갛게 물들어 있었다.

꿀꺽―

그 모습을 보며 침을 삼키는 한 납치범의 목젖이 크게 출렁거렸다.

광기.

그렇게밖엔 표현할 수 없는 박성빈의 모습에 어느샌가 다툼을 끝낸 납치범들은 본능적으로 물러섰다.

박성빈으로부터 꽤나 떨어진 곳에 서서 그 모습을 바라보는 납치범들.

평범한 인물임을 알리기라도 하듯, 아까 현우를 저렇게 만들어놨던 녀석을 제외하곤 모두들 박성빈의 광기로부터 슬쩍 눈을 돌렸다.

그중 유일하게 눈을 돌리지 않은 납치범 녀석은 그런 광기를 품은 게 박성빈만은 아니라는 듯 주장하는 듯했다.

다른 납치범들과 달리 긴장의 침을 삼키는 게 아니라 오히려 흥분되고 다음 장면이 기다려진다는 듯 상기된 얼굴로 마른 입술에 침을 바르며 그 둘의 모습을 흥미진진하게 바라보고 있었다.

그리고 마침내 납치범이 기다리던 장면이 시작되었다.

후웅!

빠악!

처음부터 그럴 생각으로 굳이 구하기도 힘든 카세트 테이프를 들고 온 것일까?

박성빈은 현우들에게 정찬수의 목소리를 들려준 것으로 제 할 일을 마친 카세트테이프에게 새로운 임무를 내려주었다.

그것은 현우의 구타.

물론 카세트 혼자서는 할 수 없는 일이었기에 이를 박성빈이 도왔다.

빡! 빠각!

후둑! 후두둑!

카세트테이프의 부서진 조각들이 허공에 비산했고, 내용물을 드러낸 흉측한 몰골의 카세트테이프는 날카롭게 조각난 부분마다 새빨갛게 변해 있었다.

박성빈이 한 번 내려찍을 때마다 현우의 피가 허공에 비산했다.

그리고 마침내…….

뻐걱!

퍼걱!

박성빈의 손에 쥐어진 카세트가 더 이상 본래의 형체를 찾아볼 수 없게 되었을 무렵, 무방비로 노출되어 있던 현우의 옆얼굴은 더 이상 얼굴이라고 말하기 힘들 만큼 흉측한 모습이 되어 있었다.

날카로운 플라스틱 조각에 찍히고 찢겨 나간 광대와 흉측하게 살점이 떨어져 나간 볼, 핏물 가득한 머리까지.

눈이 다치지 않은 게 기적일 만큼 처참함이 가득한 몰골이었다.

하지만 이 구타 행위로 인해 다친 것은 현우만이 아니었다.

똑… 똑…….

망가진 카세트를 쥐고 몇 번이고 내려친 박성빈의 손 역시 무사하진 못했다.

현우의 피가 많이 튀긴 했지만, 플라스틱 조각이며 쇳조각 같은 카세트 부품들이 파고든 그의 손은 현우의 얼굴과 비견될 만큼 상처투성이에 핏물이 가득했다.

박성빈은 자신의 손에서 흘러내리는 피를 잠시 응시하더니, 이내 무표정한 얼굴로 자리에서 일어났다.

스윽.

움찔!

자리에서 일어났을 뿐이지만, 이젠 눈동자조차 움직이지 않는 현우를 제외한 모두가 몸을 움찔 떨었다.

물론 일곱 중 여섯만이 박성빈의 광기에 경기를 일으켰을 뿐이다.

다른 한 명은 보는 것만으로도 말초신경을 자극하는 박성빈의 무차별적 폭력에 말로 형언하기 힘든 쾌감을 느꼈다.

두리번두리번.

자리에서 일어선 박성빈은 창고 내부를 서성이며 무언가를 찾기 시작했다.

그러다 이내 귀퉁이에서 무언가를 발견한 듯 그곳으로 걸음을 옮겼다.

그리고 바닥에 있는 것의 일부를 잡고 낑낑거리는가 싶더니, 이내 이를 뜯어냈다.

뿌직!

우지직!

박성빈이 뜯어낸 것은 나무 파레트의 일부분.

이곳이 예전에 창고였다는 것을 증명이라도 하듯, 널따란 건물 곳곳에는 버려진 파레트가 군데군데 놓여 있었다.

그중 낡아서 방치된 나무 파레트는 그리 튼튼하진 못했지만, 그 크기만큼이나 여러 조각으로 나눌 수 있었다.

우지직! 우직!

여러 번에 걸쳐 나무 파레트 한 개를 완전히 해체한 박성빈은 엉거주춤, 나무 파레트에서 나온 각목 무더기를 안고 와선 움직이지 않는 현우 곁에 쏟았다.

그러고는…….

퍽! 빡! 빠각!

내려놓기 무섭게 바닥에서 각목 한 개를 집어 든 박성빈이 생기를 잃어가는 현우의 몸뚱이에 마구잡이로 각목을 내리치기 시작했다.

빠각! 빡!

우직!

낡은 파레트에서 나온 각목답게 그 내구성이 좋지 못한 듯 쉽게 부러져 나갔다.

하지만 박성빈은 각목이 부서지는 즉시, 바닥에서 다른 각목을 집어 내리쳤고, 이는 더 이상 각목을 휘두를 힘이 박성빈에게 남아 있지 않을 때 끝이 났다.

"헉… 헉……. 후아!"

"……."

이젠 정말 죽은 것은 아닐까?

눈조차 감지 못한 채 숨 쉬는 기복조차 보이지 않는 현우의 모습.

상쾌한 표정과 흥분된 표정을 짓는 두 사람을 제외하곤 모두의 얼굴에 질린다는 표정이 역력했다.

물론, 그 모두에 이성희와 김예린은 포함되지 않았다.

그 둘은 한참 전부터 두 눈을 질끈 감고 뭉개져 가는 현우로부터 고개를 돌린 상태였기에…….

상쾌한 표정을 지으며 현우로부터 물러선 박성빈은 아직 부서지지 않은, 손에 들린 새빨간 각목과 아직 꽤 많이 남은 각목 무더기를 번갈아 보더니, 이내 납치범들에게 성큼성큼 다가갔다.

몇몇이 움찔대며 뒤로 물러서긴 했지만, 박성빈은 처음부터 뒤로 물러선 사람들에게는 관심이 없다는 듯 여전히 상기된 표정을 짓고 있는 납치범을 향해 각목을 내밀었다.

그리고 이내 다른 모두가 경악할 만한 말을 꺼냈다.

"저기 있는 거 다 부서질 때까지 더 때려주세요."

모두의 얼굴이 경악과 절망, 슬픔 등으로 물들어갈 때, 바닥에 납작 붙어 있는 현우가 잘 보일 법한 위치로 걸어가던 박성빈이 한마디를 덧붙였다.

"아, 죽어도 상관없으니까… 일단 저건 다 부서질 때까지 해주세요."

"네!"

어느샌가 박성빈에게 존대를 하기 시작한 납치범이 그야말로 신난다는 듯 경쾌한 발걸음으로 현우의 형상을 하고 있는 것에 다가갔다.

그러고는…….

뻐걱!

우지직!

"이런… 너무 세게 쳤나? 벌써 부러졌네."

아마추어인 박성빈이 쳤을 때와는 확연히 다른 소리가 나며 각목이 단숨에 두 동강 났다.

또한 아마도 죽었으리라 생각했던 현우가 아직 살아 있다는 것을 알리기라도 하듯, 각목에 맞은 다리가 기이하게 꺾이자 현우의 몸이 잘게 떨렸다.

그를 본 두 사람이 환호했다.

"와! 정말 대단해! 아직도 살아 있잖아?!"

"크… 아직 살아 있었어? 이거, 때릴 맛 나는구만!"

정상적인 사람이라면 도저히 상상도 할 수 없을 만큼 폭력을 행사하고 지켜보는 두 사람의 환호에 납치범 중 하나가 입을 틀어막으며 건물 밖으로 뛰쳐나갔다.

나머지 납치범들 역시 얼굴이 새파랗게 질리긴 했지만, 그들에게 있어서 다행인지 불행인지 고개만을 돌린 채 그 자리에 서 있을 수 있었다.

그리고 다시 한 번 매타작이 시작됐다.

뻐걱! 뻑!

"흐핫! 흐히힛!"

정말로 미쳐 버린 것일까?

신음도, 웃음도 아닌, 기묘한 소리를 내며 현우를 내리치는 납치범의 얼굴엔 쾌감과 희열이 가득했다.

도저히 때릴 곳이라곤 보이지 않는 현우의 위로 각목이 연신 날아들었고, 아까 박성빈과는 확연히 다른 그 파워에 각목들은 몇 번 내려치지 않아도 뚝뚝 분질러졌다.

그렇게 얼마나 지났을까?

각목이 1/3가량 남았을 무렵, 그 모습을 흥미진진하

게 바라보던 박성빈도 어느새 질렸는지 자신이 만들어 놓은 꼴을 보면서 작게 하품을 했다.

그러곤 기지개를 켜며 주변을 둘러보다 불안한 표정으로 다른 곳으로 고개를 향하고 있는 이성희와 눈이 마주쳤다.

"호오……."

흠칫!

본능적으로 불안감을 감지한 것일까?

이성희는 몸을 떨었고, 그 모습을 흥미롭게 지켜본 박성빈은 자연스레 그녀에게 바짝 다가갔다.

그러곤 거침없이 자신의 바지를 끌러 내렸다.

"우으으읍!"

"에이, 뭐야?! 누가 이런 걸 물려놨어?"

꼼지락꼼지락.

흉물스럽게 늘어진 자신의 남성을 드러낸 채 입에 물린 재갈을 힘겹게 풀어낸 박성빈은 이내 자신의 남성을 쥐고 이성희의 얼굴에 들이밀었다.

그가 굳이 무엇을 말하진 않았지만, 이곳의 모두가 박성빈이 요구하고 있는 게 무엇인지 알 수 있었다.

그러나 이성희는 눈과 입을 모두 꼭 닫은 채 저항했

고, 박성빈의 얼굴 표정이 기묘하게 일그러졌다.

그에 납치범들은 몸을 공포로 떨었고, 바닥에 두 여자는 수치심과 공포심에 눈물을 흘렸다.

슥— 스으윽—

그렇게 몇 번 더 자신의 남성을 들이밀던 박성빈은 눈물을 줄줄 흘리는 이성희가 끝끝내 요구에 응하지 않자…….

이내 피가 흥건한 손으로 엉거주춤 바지를 추켜올리며 뒤로 물러섰다.

포기하기라도 한 걸까?

가까이서 풍기던 역겨운 냄새가 멀어지는 것을 느끼며 질끈 감았던 눈을 살며시 뜬 이성희는 조금 멀어져 있던 박성빈이 급격히 가까워지는 것을 보았다.

그러나 그녀에겐 피할 수 있는 순발력도, 그럴 만한 여건도 되지 못했다.

퍼억!

"케흑!"

순식간에 복부로 파고든 박성빈의 신발이 이성희의 꾹 닫혀 있던 입을 열게 만들었다.

씨익.

그 모습을 보며 기분 좋게 웃어 보인 박성빈이 이내 한 손으로 쥐고 있던 바지춤을 도로 내리며 뱃속에서 느껴지는 뜨거운 고통에 토악질을 하는 이성희에게 다가갔다.

아니, 다가가려 했다.

"……흐응?"

이성희에게 다가가려던 박성빈이 발견한 것은 바닥에 널브러져 있던 김예린이었다.

아까 납치범에게 겁탈당하려던 상황에서 그대로 방치가 된 그녀는 흙투성이의 몰골이었다.

그렇지만 학교에서 유명한 미모를 가리기엔 부족했다.

게다가 그녀는 아까 납치범에 의해 눕혀져 있던 모습에서 어떻게든 자신을 보호하고자 모로 몸을 꼬아 웅크린 모습을 하고 있었는데, 의도치는 않았겠지만 풀어헤쳐진 상의와 속옷이 반쯤 내려가 뽀얀 엉덩이를 드러내고 있는 모습은 피에 미친 남자조차도 욕정을 끌어내기에 충분한 모습이었다.

씨익—

정말이지 징그럽기 짝이 없는 웃음을 지어 보인 박성

빈이 새빨간 혀로 입가를 핥으며 바지를 늘어뜨린 모습
으로 뒤뚱뒤뚱 김예린에게 다가갔다.

텍!

그러고는 웅크리고 누운 김예린의 무릎과 허리를 잡
으며 바닥에 무릎을 꿇었다.

퍼억!

뻐억!

바로 옆에선 살벌하기 짝이 없는 소리가 계속 울려
퍼지는 가운데, 공포심에 반항조차 할 수 없던 김예린
이 자신의 몸 위로 드리워지는 그림자를 보며 재갈 사
이로 어렵사리 울음 섞인 한마디를 꺼냈다.

"어하(오빠)……."

꿈틀—

그리고 기적이 일어났다.

4.
죽음의 끝에서

아무것도 보이지 않는 맹인의 세계가 이러할까.

혹은 끝이 없다는 무저갱이 이러할까.

현우는 위아래, 좌우를 분간할 수 없는, 알 수 없는 곳에서 눈을 떴다.

아니, 눈을 떴다고 생각했다.

정말 아무것도 느낄 수 없고 보이지도 않았으니, 실제론 떴다고 생각만 할 뿐, 뜨지 않았거나 뜨지 못했을지도 몰랐다.

현우는 자연스레 생각에 잠겼다.

'여긴 어딜까?'

—이곳은 죽음의 끝.

'나는 왜 이곳에 왔지?'

—맞아서. 박성빈에게 맞아서 왔지.

무의식 속, 질문을 던지는 현우에게 대답이 들려왔다.

하지만 현우는 지금 상황에 추호도 의심을 갖지 않았다.

오히려 이곳이 죽음의 끝이라는 말과 맞아서 왔다는 말에 수긍한다는 듯 속으로 고개를 끄덕였다.

의심 없이 수긍했다는 의미였다.

궁금증이 일어난 현우는 다시 물었다.

'대답을 하는 넌 누구지?'

—…….

'누구인지 밝히기 힘든 건가?'

—…….

'…….'

현우는 자신의 의문에 대답을 하던 존재가 두 번이나 질문했음에도 아무런 말을 하지 않자 한동안 입을 다물었다.

그러다 다시 물었다.

'모습을 보여주는 것도 힘들겠지?'

스으윽—

의외였다.

현우로선 별 기대 없이 던진 말이었지만, 의외로 어둠 속에서 튀어나오는 게 있었다.

새하얀 피부, 앙상하다는 표현이 부족할 만큼 바싹 마른 몸뚱이, 평범하게 생긴 손발, 그리고 얼굴을 완전히 가리는 치렁한 긴 흑발.

현우는 그걸 보며 생각했다.

'머리가 없는 건가?'

—아니, 머리카락이 얼굴을 덮었을 뿐. 보고 싶나?

아무것도 안 보이는 새카만 어둠 속에서 그만큼이나 새까만 머리카락이 얼굴을 가리고 있으니, 머리가 없는 새하얀 몸뚱이가 걸어 나오는 것처럼 보였다.

새하얀 몸의 주인공은 현우에게 마치 보여줄 수 있다는 듯, 꽤 신나는 말투로 물었다.

그에 현우가 평범하게 대답했다.

'그래? 얼굴이 꽤 궁금하긴 하군.'

—그래? 궁금해? 원한다면 보여주지.

생각과는 달리 전혀 거침없이 대답이 튀어나오는 것

을 보며 의문이라는 듯 현우는 물었다.

'왜 누구인지는 가르쳐 주지 않으면서 얼굴은 거리낌 없이 보여주지?'

—그야…… 봐도 모를 테니까.

잠시 대답을 망설이던 하얀 존재는 곧 대답을 내놓았고, 그 대답은 현우도 수긍할 수밖에 없었다.

사실 당장만 해도 얼굴을 못 봤다곤 하나 저렇게까지 특징적인 모습을 하고 있는 사람의 이름을 현우가 기억하지 못할 리가 없었다.

그 말인즉, 현우가 이 사람을 처음 봤거나 혹은 이름을 소개 받은 적이 없다는 의미였다.

—얼굴을 보여줄까?

'그래.'

새하얀 마른 몸의 상대는 오히려 스스로가 나서서 자신의 얼굴을 보이고자 했다.

현우는 이를 순순히 허락했고, 새하얀 존재는 이내 자신의 얼굴이 있는 부분에 기다랗고 새하얀 손가락을 밀어 넣어 그 사이를 반으로 가르듯 중앙을 드러냈다.

그리고 그 틈새로 몸과 똑같은 새하얀 피부와 기다란 입이 어렴풋이 보이려는 그때, 현우가 말했다.

'잠깐!'

—⋯⋯?

벌어진 머리카락 틈새로 웃고 있던 게 분명한 기다란 입이 한일자로 굳어지는 게 흐릿하게 보였다.

'왜 그렇게 보여주려고 하지?'

—⋯⋯뭐?

'네 얼굴을 왜 자꾸 보여주려고 하냔 말이다.'

—그야⋯ 네가 보고 싶다고 했으니까.

새하얀 인간은 특이하게도 드러난 입이 전혀 움직이지 않음에도 계속해서 대답을 하고 있었다.

현우는 그런 상대를 유심히 관찰하며 물었다.

'그래, 분명 그런 말을 하긴 했지. 봐도 모를 거란 네 말도 수긍이 갔고⋯ 하지만 어째서지?'

—⋯⋯.

'나에게 얼굴을 보도록⋯ 얼굴을 보여 달라고 하도록 유도를 하던데?'

—그건⋯⋯.

말수가 급격히 줄어든 상대를 보며 현우는 한층 강한 의심을 드러냈다.

'내가 네 얼굴을 봐야만 하는 이유라도 있는 건가?'

―그… 그건…….

'그리고…….'

스윽!

―……!

굉장히 당황한 듯, 말할 때조차 움직이지 않던 입이
일그러지며 떨리는 것을 확인한 현우였다.

현우는 곧장 기세를 몰아 상대에게 바짝 붙어 서며
질문을 던졌다.

'너는 이름이 있긴 한 건가?'

흠칫!

부르르르!

하얀 존재는 눈에 띄게 몸을 떨었고, 이를 지켜보는
현우의 눈이 반짝였다.

'아까 내가 네가 누구냐고 물었을 때… 대답 안 했
던 이유는 이름이 없기 때문인가?'

―나, 나는…….

급격히 떨리기 시작하는 목소리로 무언가 말하려 하
는 하얀 존재를 보면서 흐트러진 머리카락 속 얼굴을
유심히 쳐다보던 현우는 이내 머리카락 틈새로 그의 눈
을 보고야 말았다.

아무것도 존재하지 않는 새카맣고 텅 빈 구멍을……!

그 순간. 현우의 머릿속으로 스쳐 지나가는 것이 있었다.

'넌?'

—나, 나는……!

덥석!

현우가 상대의 정체를 알아보고 한 걸음 물러서려는 순간, 하얀 존재는 길게 팔을 뻗어 현우의 손목을 잡고 말했다.

—나ㄴㅇㅇㅇ은!

'크읏!'

현우는 잡힌 손목으로부터 느껴지는 날카로운 통증에 손을 빼내고자 반대로 상대의 팔목을 잡았다.

하지만 잡힌 팔목 안쪽으로부터 느껴지는, 마찬가지로 날카로운 감촉에 재빨리 손을 빼냈다.

그러고는 고개를 돌려 상대를 옆에서 봤다.

'……!'

여태껏 정면에서만 봤기에 보지 못했던 하얀 존재의 등에는 초록색의 날카로운 크리스털 파편이 솟아난 것처럼 빼곡히 박혀 있었다.

아니, 개중에는 솟아난 것도 있는 듯, 방금 현우가 잡았던 팔목 같은 곳에선 조금씩 크리스털 파편이 솟아나는 중이었다.

'네 녀석, 정체가 뭐냐!'

도저히 상식적으론 생각할 수 없는 기괴한 몰골과, 매번 꿈을 꾸기만 하면 만나게 되는 모습, 그리고 그런 상대로부터 느껴지는, 근원을 알 수 없는 기묘한 친근감까지…….

현우는 진정으로 이 하얀 인간의 정체가 궁금했다.

—내가… 내가 누구냐고?!

하얀 인간은 길게 찢어진 입을 크게 벌리며 말했고, 이내 현우를 잡지 않은 나머지 한 손으로 치렁한 머리칼을 쓸어 넘기며 말했다.

훤히 드러난 새하얀 얼굴의 한 면엔 날카로운 무언가에 찢기고 찍힌 듯, 구멍 난 상처가 가득했다.

—사실 알고 있잖아? 안 그래?

콰악!

'크윽!'

—내가 누구인지, 내가 왜 여기 있게 되었는지, 내가 왜 이러는지까지도……!

'……!'

시큰한 고통에 인상을 찌푸린 현우가 잠시 손목에 시선을 줬을 때였다.

슈우우우우우욱!

─내가 이렇게 된 것도, 네가 그렇게 된 것도… 모두 네 탓이야!

'이게 무슨……!'

온몸을 빨아들이는 강력한 흡인력에 당황하여 고개를 돌린 현우였지만, 때는 이미 늦은 뒤였다.

현우가 마지막으로 볼 수 있던 것은 한 가지.

엿가락처럼 길게 늘어진 자신의 머리가 하얀 인간의 텅 빈 눈 속으로 빨려 들어가는 모습이었다.

슈우루루루루루룩……!

텁!

마침내 현우를 모두 빨아들인 하얀 인간의 텅 빈 눈구멍이 마치 입의 모양처럼 닫혔다.

그리고… 혼자가 된 하얀 인간이 말했다.

─날 여기 둔 건 너야, 김현우.

검은 세상이 붕괴했다.

꿈뻑—

전혀 움직일 것 같지 않던 몸뚱이가 기적처럼 움직였다.

아니, 사실 움직이지 못한 거나 마찬가지였지만, 하나둘 사라져 가는 감각 속에서 더 이상 움직일 수 없게 되었다는 것을 인지했을 때, 눈꺼풀이나마 움직일 수 있던 건 분명 놀라운 일이었다.

'이건…….'

피를 너무 많이 흘린 탓일까?

감각은 물론이고, 통증이 느껴지지 않을 만큼 정신이 몽롱했다.

간신히 움직이는 눈 한쪽으로 주변을 둘러보니 때리는 사람이 달라졌을 뿐, 여전히 맞는 중이었다.

빽! 뻐걱!

둔중한 타격음과 함께 저릿한 무게감이 몸 위로 작렬하는 게 느껴졌다.

'다른 눈은 움직이는 거 같긴 한데… 피 때문에 그

런가?'

현우는 이런 와중에도 눈을 하나씩 감아가며 스스로의 몸 상태를 점검했다.

원활히 잘 움직이는 바닥을 향한 오른쪽 눈과 달리, 드러난 왼쪽 눈은 시야에 붉은 안개가 낀 것처럼 보였다.

'피… 피인가?'

아마도 정신을 잃은 잠시 동안 얼굴을 맞은 듯싶었다.

눈으로 볼 수 있는, 얼굴 근처의 점점이 가득한 핏자국과 아마 흐른 지 얼마 안 된 듯 조그맣게 고여 있는 핏물을 보니 자신의 상태가 어느 정도 파악되었다.

'뭐, 이런 걸 파악해서 뭐하겠냐마는…….'

현우가 정신을 차리자마자 한 것은 마나를 움직여 보는 것이었다.

그러나 여전히 현우의 마나는 요지부동, 명령에 반응하지 않았다.

그래서야 의미가 없었다.

몸 상태가 어떻든 간에 마나만 움직여 준다면, 6클래스의 마법만 있다면. 이 정도의 위기를 벗어나는 거야 현우로선 일도 아니었지만… 애당초 그게 안 됐기 때문에 이런 상황에 빠진 것 아니었나.

'물론 최후의 방법이 있긴 하지만……'

하지만 이런 상황에선 그 방법조차 성공할지 미지수였다.

만약 지금처럼 마나를 전혀 사용하지 못하는 상태라면 성공해도 위험했다.

'박성빈은 어디 갔지?'

이미 몸에 통증조차 느껴지지 않겠다, 아주 가까이서 들리는 타격음이 신경 쓰인다는 것만 제외하면 현우는 심적으로 여유가 있었다.

물론 이 상태로 머리를 한 대 맞아서 정말로 죽어버리거나 또다시 기절해 버리는 상황이 닥칠까 불안하지 않은 것은 아니지만, 똑똑한 현우는 확실히 알 수 있었다.

지금 자신을 때리고 있는 사람은 머리를 때리지 않을 것임을 말이다.

통증은 느껴지지 않지만 나머지 감각은 꽤 살아 있는 편이었다.

느끼지도 못하는 통증에 자연 반사적으로 덜덜 떨리

는 다리와, 부러졌대도 이상하지 않을 타격음 사이로 헉헉거리는, 쾌락에 겨워 흘리는 그 신음 소리를 들으며 반대편에 있어 잘 안 보이는 상대가 자신의 몸으로 충분히 즐기고(?) 있음을 알 수 있기 때문이었다.

그렇기에 상대는 자신이 당장에 죽기를 바라지 않을 터였다.

조금 더 생생하게, 사람이 죽어가는 모습을 느끼며 즐기고 싶을 테니, 한 방에 죽을 수도 있는 머리를 때리지는 않을 거란 생각이었다.

그리고 잠깐 사이에 그렇게 많은 몽둥이찜질이 퍼부어짐에도 머리 근처로는 오지 않는 각목을 느끼며 현우는 어느 정도 그런 생각에 확신을 가질 수 있었다.

그렇게 최소한 잠시 동안 생명이 유지될 것임을 확신한 현우가 가장 먼저 찾은 것은 박성빈이었다.

현우가 정신을 잃기 전에 본 인물 중 가장 위험한 인물은 누가 뭐래도 박성빈이었다.

광기로 가득 물든 눈빛과 말투하며, 정찬수에게 모든 걸 뒤집어씌우고 이곳에 와 있다며 들려준 정찬수의 악에 받친 목소리까지…….

이미 정상의 범주를 한참 벗어난 박성빈이었다.

자신이 기절한 것도 거침없이 머리를 내리치던 박성빈 때문이 아니던가.

만약 자신이 기절한 이후 흥미를 잃어서 지금 각목을 휘두르고 있는 납치범에게 자리를 넘겨준 거라면 현우가 기절했던 얼마인지 모를 시간 사이에 나머지 두 사람이 어떻게 되었을지 알 수가 없었다.

바로 그때였다.

현우의 눈앞으로 새하얀 신발 뒤꿈치가 다가왔다.

'박성빈!'

아까 박성빈을 유심히 관찰해 둔 현우는 그것이 박성빈의 신발임을 알 수 있었다.

녀석의 신발이 왜 자신의 두 눈 앞에 있는지 궁금했지만, 시야를 완전히 가리고 있는 탓에 보이는 게 없었다.

그때, 나타났을 때와 마찬가지로 갑자기 튀어나간 박성빈의 뒤꿈치는 현우의 눈에 모래먼지를 흩뿌리며 시야에서 사라졌다.

현우가 눈의 이물감에 몇 번 눈꺼풀을 깜빡인 그때.

"케흑!"

자신을 내려치는 몽둥이 소리에 묻혀 잘 들리지 않았

지만, 그것은 분명 여성의 신음 소리였다.

그것도 고통에 겨운.

현우는 잘 뜨여지지 않는 눈을 필사적으로 돌려 박성빈의 발이 뛰쳐나간 방향을 향했고, 그곳에서 바지를 내리고 이성희에게 다가가는 박성빈의 뒷모습을 볼 수 있었다.

'저 개자식이……!'

현우는 욕을 했지만 당장에 무언가를 할 수는 없었다.

마지막 수단이 하나 있긴 하지만, 말했다시피 당장에 사용하기엔 불완전할 뿐만 아니라 무엇보다 박성빈을 시야에 넣기가 힘들었다.

마지막 수단을 쓰기 위해선 최소한 상대가 눈앞에 잘 보여야만 했다.

마음만 급하고 당장에 수단이 없는 현우로선 발만 동동 구를 수밖에 없었다.

그나마 위안 삼을 수 있는 것은 어렴풋이 보이는 이성희의 상태를 보건대, 한 번 맞은 것 외에 큰일을 당하진 않은 걸로 보인다는 정도?

현우가 현재 할 수 있는 건 이런 전혀 쓸모없는 정보

에 위안을 삼는 것뿐이었다.

하지만 그것도 이제 곧 벌어질 일이라면 위안거리가
되지 못하겠지만.

현우는 박성빈을 시야에 담기 위해 전혀 움직이지 않
는 고개를 돌리고자 필사적으로 온 힘을 모았다.

물론 고개가 움직이는 기적은 벌어지지 않았지만.

그때, 다른 기적이 일어났다.

간신히 현우의 눈에 들어온 박성빈의 반신이 이성희
에게 다가가다 말고 멈춰 서더니, 이내 진로를 바꾸는
게 아닌가.

현우는 무슨 일인지 파악하지 못했지만, 어쨌거나 최
악의 상황은 면했다는 생각에 내심 안도하며 박성빈이
눈에 확실히 들어오길 기다렸다.

그리고 녀석의 행적을 따라 눈을 옮기던 중… 발견
하고야 말았다.

녀석의 목적지를.

'김예린……!'

자신의 몸을 보호하고자 애처롭게 웅크리고 있는 김
예린의 모습은 남성의 보호본능을 끌어내기에 충분해
보였다.

하지만 그 모습을 본 박성빈에겐 보호본능이 아니라 다른 것의 불을 지핀 듯싶었다.

'이 새끼! 건들면 가만 안 둬!'

본래도 가만둘 생각은 없었지만 '어째선지' 현우는 김예린에게 다가가는 박성빈을 보면서 유난히 화가 나는 것을 느꼈다.

당장에 기회를 노리고 있는 상황임에도, 더욱 냉정해져야만 하는 순간임에도 현우는 분노가 솟구치는 것을 막지 못했다.

어째서일까?

어째서일까……

현우는 이유를 알 수 없었지만, 그 순간 스쳐 지나가는 기억들은 있었다.

처음 동생이 생겨난 날 보았던 귀여운 소녀의 모습, 가족이 된 지 얼마 안 돼 서먹하던 그때, 쑥쓰러워하며 손을 내밀던 소녀의 말간 웃음, 어느 날인가부터 눈을 마주치면 피하고, 길을 가다 볼 적이면 멀찍이 걸어가던 소녀의 모습과 최근의 모습까지도.

아주 오래전, 너무도 오래전의 일이었기에 잊어버렸다고 생각한 401년 전의 기억부터 며칠 전 현우의 머리에 흠뻑 젖은 물수건을 얹던 그 순간까지.

현우의 머릿속으로 수많은 장면이 지나갔다.

현우의 흐릿한 시야는 그 모든 것을 담아냈고, 몽롱한 정신과 제 몸을 필사적으로 숨 쉬게 하는 뇌는 잊었다 싶던 기억의 세세한 모든 부분까지 꺼내들어 현우의 눈앞에 펼쳐 냈다.

본래도 잔뜩 충혈되어 있었지만 그나마 멀쩡하던 현우의 오른쪽 눈에 잔뜩 핏발이 섰다.

현우의 뜨거운 시선이 박성빈을 향했다.

하지만 그런 현우의 시선을 아는지 모르는지, 혹은 현우가 죽었다고 생각이라도 하고 있는 건지, 현우의 바람과는 다르게 바지 밑단을 질질 끌고 흉물스런 물건을 덜렁이며 걸어가는 박성빈의 발걸음은 정확히 김예린을 향하고 있었다.

그리고 마침내 박성빈이 웅크려 누운 김예린 옆에 섰다.

'개새끼야! 털끝 하나만 건드려 봐!'

박성빈이 선 자리는 현우의 시야에서 정확히 그의 어깨까지가 보이는 위치.

현우는 부릅뜬 눈으로 박성빈을 보았고, 제발 저 상

태 그대로 고개를 숙여 시야 안에 모두 들어오기를 바랐다.

하지만······.

지이익—

저벅!

지이이익—

저벅!

현우의 그런 기대를 무참히 깨버린 박성빈은 여전히 바지 밑단을 질질 끌며 옆으로 돌아 김예린의 뒤편, 하반신이 있을 자리에 무릎을 꿇고 앉았다.

그 결과, 현우의 시야엔 무릎 꿇은 박성빈의 반신만이 보인 채 여전히 실실 웃고 있는 녀석의 얼굴과 절망감에 물든 김예린의 얼굴이 동시에 들어왔다.

'안 돼! 안 돼, 이 새끼야!'

자리가 불편한 듯 무릎 꿇은 채 좌우로 몸을 흔들던 박성빈이 마침내 하반신을 밀착하고자 양손을 웅크린 김예린의 한쪽 무릎과 허리 위에 얹었다.

현우는 분노한 심정으로 그 모습을 고스란히 눈에 담았다.

그때.

현우의 귓가로 김예린의 울음 섞인 한마디가 들려왔다.

"오빠……."

군이 따지자면 그렇게 또렷한 목소리가 아니라 반쯤 뭉개진, 오빠의 '빠' 자는 거의 된소리가 전혀 없는 '오햐'에 가까운 말이었지만, 현우에겐 또렷하고 생생한 발음으로 들려왔다.

그리고 그 말을 들은 현우의 몸에 기적이 일어났다.

달싹─

"안 된다고, 이 개자식아……."

힘이라곤 하나 없는, 듣는 사람조차 지치게 만드는, 그야말로 매가리 빠지는 목소리였지만, 그토록 커다란 파열음이 퍼지는 와중에도 그 목소리를 못 들은 사람은 아무도 없었다.

그리고 주변을 살폈다.

그도 그럴 것이, 이곳에 모인 이들 중 오늘 현우의 목소리를 들어본 사람이 아무도 없었으니 당연한 반응이었다.

설마하니 죽은 시체나 다름없는 현우가 낸 목소리라곤 생각을 못했던 것이다.

다만, 원래부터 현우의 목소리를 알고 자주 들어왔던 이성희와 김예린은 달랐다.

비록 현우의 시야에는 닿지 않는 곳에 있었지만, 이성희는 크게 뜬 눈으로, 김예린은 웅크리고 있던 상태에서 번쩍 고개를 들어 현우를 봤다.

눈물과 놀람이 가득한 시선이었다.

그렇게 그 둘을 제외한 모두가 주변을 둘러보는 그때, 현우가 다시 입을 열었다.

"박성빈… 개새끼야, 빨리 안 떨어져……?"

익숙함을 느낀 박성빈이 현우를 돌아봤고, 그와 동시에 재갈이 풀려 있던 이성희가 외쳤다.

"현우야!"

그 목소리를 들은 납치범들이 그제야 놀란 눈으로 현우를 쳐다봤다.

현우는 생기를 되찾은, 말똥말똥한 한쪽 눈으로 그들 모두를 돌아보며 말했다.

"뭘 쳐다봐… 뒈지기라도 한 줄 알았냐, 이… 쓰레기들아……."

근래의 현우로선 파격적일 만큼 욕설이 난무하는 말투였다.

최소한 이곳에 와서 현우가 일상에서 욕을 하는 경우는 없었으니 말이다.

하지만 이곳 세상의 현우가 아닌, 저쪽 세상의 칼롯 코즈너를 기억하는 사람들이라면 좀 다를 것이다.

오히려 이전까지가 칼롯 코즈너답지 못했고, 지금의 모습이야말로 진짜 칼롯 코즈너라고 말할 터였다.

그만큼 칼롯 코즈너는 괴팍함의 대명사였고, 사교성이 부족한 인간이었다.

말년에 대언령사로 칭송 받기 전까지 마법을 익히며 전장을 전전한 그의 말투는 과히 깨끗한 말과는 거리가 멀었다는 게 당시의 칼롯 코즈너를 아는 이들의 공통적인 의견이었다.

특히 언령을 단련한다는 이유로 거짓말을 하지 않는 게 신조였던 칼롯 코즈너가 욕을 했다는 것은 그만큼 진심으로 상대를 그 정도 수준으로 보고 있다는 의미였다.

그랬기에 욕을 먹는 입장에선 더욱 열 받기 마련인지라 칼롯 코즈너가 포함된 전장에선 싸움 전 서로를 도발할 때 선두엔 꼭 칼롯 코즈너가 있었다.

물론 그게 칼롯 코즈너가 평소의 다른 말을 할 때도

반드시 욕을 섞을 만큼 성격 파탄자란 의미는 아니었다.

하지만 전장에서 적군을 상대할 때야말로 칼롯 코즈너의 입이 봉인을 푸는 시간이었다.

근처의 사람들은 칼롯 코즈너란 언령사가 욕을 입에 달고 사는 것밖엔 본 바가 없으니, 어쩔 수 없는 일이었다.

어쨌든, 지금의 현우는 진심으로 화가 나 있었고, 진정으로 온 힘을 다해 욕을 하고 있었다.

살랑—

그 말에 담긴 힘이 얼마나 진심이었냐면, 그토록 간절히 원하던 마나조차 현우의 욕 한마디에 엉덩이를 들썩일 지경이었다.

물론 그렇다고 마나 지배력이 돌아온 것은 아니었지만.

"이 새끼야! 뭘 멀뚱치 쳐다봐? 내 '동생' 냅 두고 여기 와서 더 패봐라, 개새끼야!"

언령사의 봉인되어 있던 입이 열린 탓일까, 아니면 한계에 이른 육체가 회광반조를 일으키기라도 하는 것일까?

현우의 말에는 점점 힘이 실렸고, 그 어조와 발음도 또렷해지며 욕도 한참 더 수위를 높여갔다.

"야이, 씨이발 새끼야! X을 빨아버릴 새끼야!"

그 놀라운 광경에 그야말로 넋 놓고 현우의 욕을 들어먹던 이들 중 가장 먼저 정신을 차린 것은 박성빈이었다.

피식—

격렬한 욕설을 들은 박성빈은 현우를 향해 피식 웃어 보였다.

그러곤 김예린의 허리를 잡고 있던 손을 즉시 내려 자신의 허리춤을 추슬렀고, 나머지 한손 역시 김예린의 엉덩이 부근으로 내려 반쯤 걸쳐 있던 속옷을 끌어내렸다.

현우에겐 안 보이는 위치였지만, 현우는 직감적으로 박성빈이 무슨 짓을 하고 있는지 알아차렸다.

현우가 필사적으로 외쳤다.

"이 개새끼가! 죽여 버린다!"

씨익—

박성빈은 특유의 웃음을 지어 보였고, 이내 김예린의 위로 몸을 실었다.

그리고…….

툭, 투둑…….

새빨간 피가 흘렀다.

　　　　*　　　　　*　　　　　*

오늘의 현우는 이상했다.

정확히는 오늘뿐 아니라 언제나 이상했지만, 유달리
어제와 오늘의 현우는 근처에 다가가기도 싫을 만큼 거
부감이 느껴지는 표정을 하고 있었다.

'표정이 아니던가?'

아무튼, 요 이틀간의 현우는 정말 눈을 마주치는 게
꺼려지는 존재였다.

며칠 만에 집에 돌아왔을 때, 가슴에서 치밀어 오르
는 무언가를 쏟아내고자 단숨에 김현우를 찾았지만, 몇
대 때려보지도 못하고 그 기묘한 눈에 제압돼 방으로
돌아가야만 했다.

그리고 밤새 이불을 찼다.

정확한 이유는 모르겠지만, 며칠간 집 밖 생활을 했

으니 컨디션이 이상해서 저런 눈을 하고 있는 것이라고, 그리고 그게 불쌍해서 때리려다 만 것이라 몇 번이고 자신의 행동에 변명을 했다.

그렇게 밤을 지새운 오늘 아침. 밍기적밍기적, 방에서 기어 나오는 모습을 보며 단숨에 엉덩이 발차기를 꽂아 넣을 생각을 하던 그녀는 기척을 느끼고 고개를 돌린 김현우의 눈을 본 순간, 그대로 몸을 돌려 정리도 하다 만 가방을 메고 곧장 집을 나와 버렸다.

그리고 여전히 여독이 안 풀렸을 김현우를 배려한 자신을 기특해하며 학교생활을 했다.

내일이야말로 그 말라깽이 엉덩이에 시뻘건 발자국을 만들어주마 하며.

하지만… 거기까지였다.

TV에서 몇 번이나 봤지만, 설마하니 그게 그녀 자신이 될 거라곤 전혀 생각하지 못했다.

집에 가서 김현우의 상태를 보고 내일이 아니라 당장 오늘 저녁에라도 한 방 먹여줄 생각에 부풀어 경계심이 적어진 탓이 컸다.

길을 물어보는 아저씨에게 길 안내를 해주며 집에 가다가 그야말로 눈 깜빡할 사이에 봉고차 뒷좌석에 구겨

지듯 내던져졌다.

필사적으로 저항했지만, 성인 남성 둘이 찍어 누르는 데는 벗어날 방법이 없었다.

결국 지친 상태로 구석에 찌그러져 있을 무렵, 봉고차에 같은 학교 여학생 하나가 더 올라탔다.

아니, 정확히는 태워졌다.

그 여학생도 필사적으로 저항하긴 했지만, 역시나 역부족이었다.

결국 나란히 봉고차에 태워진 두 사람이 서로의 징체를 명찰로 파악했을 무렵, 정체불명의 건물의 차가운 바닥에 내동댕이쳐졌다.

그리고… 아무 일도 없었다.

이럴 거면 왜 잡아온 거냐 묻고 싶을 지경이었지만, 재갈을 물려놓은 상태에선 불가능한 일이었다.

그로부터 한참 뒤, 현우가 잡혀왔을 때…….

여전히 똑같은 눈빛을 하고 있는 현우를 보며 그녀는 시선을 피했다.

그때까지 총 세 번 눈을 마주쳤는데, 저게 그간 봐왔던 김현우와 동일 인물이라 믿기지 않을 만큼 기분 나쁜 눈동자인지라 도저히 제대로 마주 볼 수가 없었다.

하지만 그것도 잠시.

어느새 그녀에겐 현우를 신경 쓸 겨를이 없어져 버렸다.

그를 납치해 온 녀석 중 한 명이 우리를 발견하기 무섭게 다가와선 그녀와 같이 잡혀온 성희 언니의 치마 속으로 손을 밀어 넣었다.

이를 두고만 볼 수 없기에 직접 몸을 날려 막았지만, 오히려 타깃이 그녀 자신으로 바뀌었을 뿐인데다 그에 반항을 하다 맞기까지 했다.

억울하고 서러워서 눈물만 흘리고 있으려니, 잠시 뒤 그녀들을 납치해 온 사람 중 하나가 그 사람을 말려줬다.

덕분에 현우를 비롯한 그녀 자신들이 단순히 팔아먹을 생각으로 아무나 잡아오다 걸린 게 아니라, 누군가의 사주로 인해 잡혀온 것임을 알 수 있었다.

이렇게 스스로의 처지를 깨달아갈 무렵, 현우가 두들겨 맞기 시작했다.

처음의 무자비한 발차기도 그랬지만, 현우가 방심한 납치범의 목을 졸랐다가 풀려났을 때… 그런 광경은 그녀로선 정말 처음 보는 거였다.

가끔 TV에서 하는 종합 격투기 시합 따위를 보긴 하지만, 저토록 무자비하고 무차별적인 폭행이 있다는 것은 난생처음안 사실이었다.

평소 김현우를 크게 불쌍하다 느껴본 적이 별로 없지만… 그 모습을 보니 정말 보는 내내 눈물이 멈추지 않을 정도였다.

아니, 솔직히 죽었다고 생각했기에 더욱 눈물이 났다.

거의 송장 같은 모습으로 바닥에 널브러져 그녀와 눈을 마주치던 그 모습은… 애처롭다 못해 지금 당장이라도 달려가 껴안아주고 싶은 모습이었다.

스스로 체력에 자신 있는 건 아니지만, 최소한 업고 병원에 가라고 하면 정말 전력으로 달릴 자신이 생길만큼 몰골이 처참했다.

그렇게 사람을 패던 인간은 사람 하나를 거의 죽여놓고도 만족을 못하는지, 이내 그녀의 위로 올라타고야 말았다.

같이 사는 가족인 김현우조차도 보지도 못한 가슴을 이 더러운 인간한테 내줘야만 했다.

그 더러운 손이 하반신을 누빌 땐 그녀는 죽고 싶다

기보다는 죽여 버리고 싶다는 생각이 간절했다.

정말 이대로 모든 걸 줘야 하나 싶을 때였다.

갑작스레 나타난, 말끔하게 잘생긴 남자는 꽤나 그녀의 스타일이었지만, 돌아가는 분위기로 보아하니 이 일을 사주한 장본인인 듯했다.

떠드는 걸 들어보니 무언가 현우와 옆에 있는 언니에게 원한이 있어 이런 일을 꾸몄다는 것 같았다.

'그렇다면 나는 왜 낀 건데, 이 개자식아! 니가 잘못 잡아와서 저 쓰레기 같은 인간이 내 가슴을 만지게 됐잖아!'

물론 재갈을 입에 물고 있으니 생각할 수 있는, 대놓고는 못할 말들을 속으로 잔뜩 쏟아부었다.

그와 동시에 속으로 불안감이 싹트기 시작했다.

말하는 투나 행동이 정상이 아닌 게 영락없는 미친놈인 거야 둘째 치고, 돈 많은 집 아들인 게 분명한 상황에서 과연 납치된 모두가 제대로 구조될 수 있을지 걱정이 들기 시작했다.

사실 조금 전까지만 해도 하교 중 길거리에서 당한 일이니 이대로 시간을 때우면 요즘 한창 뜨기 시작한 마법 경찰들이 금방 찾으러 올 거라고 생각했다.

김현우야 집에 안 들어와도 엄마가 별 신경 안 쓰겠지만, 그녀가 안 들어가면 바로 찾아 나설 테니 말이다.

하지만… 정말 저 미친놈이 말하는 것처럼 이 납치 과정에서도 돈을 잔뜩 뿌렸다면?

그렇다면 여기서 멀쩡히 돌아갈 확률은 급격히 떨어질 수밖에 없었다.

아니, 아예 없을 가능성이 컸다.

덕분에 그녀는 평생 해본 적 없던 세상 원망을 했고, 쓰잘데기 없이 모르는 사람을 도와준 자신을 원망했으며, 이 상황의 주역인 김현우와 옆에 앉은 언니를 속으로 잔뜩 욕하고 잔뜩 원망했다.

그리고 마침내… 한참을 떠들던 미친 녀석이 눈만 움직이고 있는 김현우의 머리를 내리찍기 시작했다.

피가 튀고, 피가 흐르고, 살점이 튀었다.

마치 B급 호러물 고어 영화의 한 장면처럼, 비현실적인 만큼 많은 피가 튀는 걸 보며… 그녀는 미안함을 느꼈다.

원망을 한 게 미안했고, 그간 때린 게 미안했으며, 정말 해준 게 아무것도 없다는 게 그녀로선 너무 미안했다.

생기가 사라진 현우의 눈동자를 보며 그녀는 생각하지 않을 수 없었다.

저렇게 쉽게 죽어버릴 거였다면 학교에서 괴롭힘당하는 걸 알았을 때 외면하지 않았을 것을…….

자신의 새로운 오빠가 알아주는 정신병자라는 것을 알게 되었을 때, 가족으로서 조금만 더 보듬어줬다면…….

후회가 물밀듯이 몰려왔고 이젠 미동도 않는 회색 눈동자를 보며 머리를 바닥에 댄 채 눈물을 흘렸다.

슬픔에 가슴이 터져 버릴 것 같아 몸을 말아 무릎을 당겨 가슴을 압박했다.

그래도 도저히 진정이 되지 않아 얼굴을 흙바닥에 비볐다.

흐르는 눈물이 멈춰야만 할 것 같았다.

그렇게 얼굴이 온통 흙투성이가 되었을 때, 시체가 되어서도 여전히 매타작을 당하고 있는 현우를 보며 가장 최근에… 그나마 그녀와 대화다운 대화를 했던 순간을 떠올렸다.

'갑자기 오빠 흉내를 내서 당황했지.'

무슨 바람이 불었는지, 어디서 뭘 본 건지, 평소랑 다른 행동을 하며 자신을 안아 들어다 이런저런 설교를 늘어놓는 오빠의 모습은 어쩐지 오래도록 없던, 한동안 보지 못했던 아빠의 모습처럼도 느껴졌다.

그런 모습에 당황스러우면서도 두근거리는 심정을 감추고자 오히려 더욱 호들갑스럽게 행동했고, 그 결과 간호한답시고 멍청한 짓까지 해버렸다.

그랬어도 오빠는 화를 내지 않았다.

아니, 화를 내지 않은 건 그 이전부터 계속 똑같았다.

다만, 그간 깨닫지 못했을 뿐.

자기보다 어린 사람에게, 그것도 이성인 여동생에게 맞는 사람의 기분은 어떤 것이었을까?

여동생에게 용돈을 뺏기고 아침마다 욕을 들으며 발로 채이던 사람의 기분이란 건 어떤 거였을까?

그리고… 집을 나가도, 들어와도… 아무도 돌아보지 않는 '가족'이 있는 집에 살면서 그는 어떤 생각을 했던 것일까?

그는 이런 모욕을, 이런 고통을, 어떻게 참아온 것일까?

매번 죽었으면 좋겠다고, 쓸모없다고 생각한 오빠였지만, 그게 정말로 죽었으면 좋겠다는 본심은 아니었다.

생각할수록 분노가 일고, 슬픔이 가슴을 울렸으며, 몇 대 맞은 뺨의 고통보다도 훨씬 더 아팠을 오빠 생각에 간신히 틀어막은 눈물이 다시 맺혔다.

'부디 다음 생에는 행복한 가정 속에서 태어나길.'

그렇게 현우의 명복을 빌 때 즈음, 선수 교대라도 하는 것마냥 처음 그녀의 오빠를 때렸던 남자에게 이 일을 사주한 개자식이 각목을 건네주는 게 그녀의 눈에 보였다.

그러고는 근처에 앉아 현우가 맞는 모습을 구경하는 걸 봤을 땐, 정말 재갈만 없었다면 당장 달려가 다리를 물어뜯고 싶은 기분이었다.

하지만 그런 것도 잠시.

흥미가 식은 건지, 주변을 두리번거리던 녀석이 이성희를 괴롭히기 시작했을 땐 솔직히 그다지 친한 사이가 아니었음에도 그녀의 가슴 깊은 곳에서 뜨거운 것이 솟구치는 기분이었다.

'저런 더러운 걸 어디에 디미는 거야!'

비록 친한 사이는 아니지만, 이래저래 학교의 유명 인사였으니 서로 얼굴 정도는 알고 지내던 사이였다.

특히나 일진한테 험한 꼴을 당할 뻔한 걸 그녀의 오빠가 구해줬다는 얘기와 둘이 굉장히 가깝게 지낸다더라, 하는 소문을 들은 이후로는 꽤 예의 주시하기도 했다.

그리고 알면 알수록 현우 오빠에겐 아까운 여자란 생각이 드는 여성이기도 했다.

이제 와 비난하는 것은 아니지만, 객관적으로 비교했을 때 솔직히 현우 오빠에게 가당키나 하단 말인가.

'…….'

그런 생각을 하고 있자니 병 주고 약 주고 도로 병 준다는 생각이 들긴 했지만… 어쨌거나 이성희는 그녀에게 있어 동경하는 선배였다.

그런 그녀를 저런 식으로 희롱하는 것을 보고 있자니 화가 날 수밖에 없었다.

그렇게 속으로 잔뜩 녀석을 욕하고 있던 그때, 그 개자식이 그녀 자신을 노려본다는 느낌을 받았다.

당연하게도 그건 느낌만은 아니었다.

느낌이 확신으로 변할 무렵엔 확실히 다가오는 발걸

음 소리를 들을 수 있었으니까.

막상 그런 상황이 닥치고 보니… 너무도 무서웠다.

여태껏 속으로 잔뜩 욕을 하고 잔뜩 짓밟아줬던 이 나쁜 놈이 제발 다른 이유로 우연찮게 자신의 곁을 지나치는 것이기를 바라고 또 바랐다.

물론… 그야말로 바람일 뿐이란 걸 잘 알고 있지만……

'악!'

마침내 바지를 내린 녀석이 코앞에 다가왔을 때, 재갈 물린 입을 대신해 속으로 있는 힘껏 소리를 질렀다.

가까이서 보게 된 악당의 모습과, 앞으로 자신이 당하게 될 일에 대한 공포심을 조금이라도 떨쳐 내기 위한 나름의 발악이었다.

하지만……

두근두근두근두근.

심장박동이 빠르다 못해 이러다 터져 죽는 것은 아닌가 싶을 만큼 빠르게 뛰었다.

그러다 보니 차라리 이대로 심장이 터져 빨리 죽어버렸으면 좋겠다는 생각이 들 정도였다.

그러나 세상에 기적이란 그리 쉽게 일어나는 것이 아

니었다.

그녀의 불안한 생각은 어김없이 들어맞았고, 심장이 터져서 이 무서운 순간을 맞이하기 전에 빨리 죽는 것도 허락되지 않았다.

불안감에, 답답함에, 절망감에… 막아둔 수도꼭지가 고장 난 것처럼 줄줄 눈물이 흘렀다.

그때였다.

세상에 푸른빛이 보이기 시작한 것은.

'에이씨이… 이건 또 왜 그래!'

그것은 그녀가 뜻하지 않게 갖게 된 특별한 능력, 마나를 보는 눈.

처음에는 이것 때문에 많이 놀라고 힘들기도 했지만, 시간이 지나면서 마치 원래 가지고 있던 몸의 일부처럼 자연스럽게 사용할 수 있게 되었다.

하지만 완전히 통제가 가능해진 최근엔 사용해 본 적이 없었다.

그녀로선 이 능력을 가지고 얻는 바가 없었기 때문이다.

이 능력을 얻고 인터넷을 하루 종일 뒤졌고, 지금 보이는 마나라는 힘이 마법사의 손을 거치면 온갖 기적에 가까운 힘이 된다는 것은 익히 들어 알고 있었다.

그러나 그녀가 가진 능력은 이것을 보는 것일 뿐, 마법을 사용할 줄 모르는 이상 아무런 도움이 되지 않는 것이었다.

그나마 마나란 게 사람의 생명과 연결되어 있어 주변 사람의 컨디션을 파악할 수 있다는 정도?

그 외엔 지극히 평범한 여고생인 그녀에게 도움이 되는 일이 전혀 없었다.

어쨌거나 그렇게 특별한 능력임에도 있으나 마나 한 능력이 심적으로 혼란스러운 상태에 빠지자 통제가 풀린 듯싶었다.

뒤적뒤적.

어느새 그녀의 뒤… 정확히는 아래쪽으로 돌아간 녀석이 자리를 잡는 게 보였다.

아니, 느껴졌다.

미지의 공포심에 자꾸만 그 방향으로 눈이 갔지만, 역설적이게도 그 공포 때문에 도저히 그곳을 쳐다볼 수가 없었다.

난생처음 겪게 될 미지의 순간에 대한 공포심이 그녀를 사로잡았다.

그래서 눈을 감았다.

이곳에 잡혀와 몇 번이고 현실을 외면하고자 눈을 감았지만, 정말 온 힘을 다해 단 한 점의 빛도 허락하지 않도록 눈을 감은 것은 이번이 처음이었다.

그렇게라도 미지로부터의 공포에서 벗어나고 싶었다.

하지만 이는 잘못된 선택이었다.

오감 중 시각이 차단되자 더욱더 예민해진 감각이 눈을 뜨고 있을 때보다 더한 공포를 조성했다.

얼굴을 얼얼하게 만드는 바닥의 차가움, 등 뒤로 느껴지는 뜨거운 숨소리, 그 숨소리와 함께 들려오는 부스럭거리는 기분 나쁜 소리까지…….

모든 게 불쾌했고, 앞으로 벌어질 일에 대한 두려움이 들게 만들었다.

그런 무서운 소리들이 난무하던 때, 귀를 간질이는 또 다른 소리를 그녀는 들을 수 있었다.

——··——……!

마치 모스 부호처럼 어떤 특수한 신호처럼 들려오는 그 소리는 마나를 보는 능력이 생긴 이후 몇 번 들어본 바가 있는 소리였다.

그 기묘한 규칙성에 소리를 분석하고자 하면 도저히

알아들을 수 없지만, 그냥 그 소리 자체에 집중을 하면 그 의미가 머릿속에 떠오르는, 신비한 소리였다.

첫째 날의 소리는 그 자신을 소개하던 소리였고, 두 번째 들었을 땐 어째선지 현우라는 이름을 몇 번이고 외쳤었다.

물론 그날 현우의 활약을 떠올리면 현우를 주목하라는 의미 정도로 비쳐졌지만, 현우를 계속 관찰한 결과, 현우가 정식 마법사가 아니란 사실만 되새기게 되었을 뿐이다.

그리고 지금, 스스로 마나의 속삭임이라 이름 붙인 이 현상은 다시 한 번 귓가에 외치고 있었다.

현…우……!

'뭐! 그래서 뭘 어쩌란 거야!'

이제 와 다 죽어가는 오빠의 이름을 몇 번이고 귀에 대고 불러준다 한들… 도움이 되지는 않았다.

애당초 이런 마나를 보는 능력이 지금 같은 위기 상황에서 도움이 될 리도 없는 게 당연했지만, 이렇게 느닷없이 그것이 현우의 이름을 반복하는 데야 짜증이 날 수밖에 없었다.

부스럭…….

그즈음, 뒤쪽에서 느껴지던 소리도 거의 멎어 있었다. 그리고 이게 의미하는 게 무엇인지, 모를수 가 없었다.

현…우……!

현…우……!

그런 상황에서 오빠의 이름을 듣고 있자니 어쩐지 아련한 느낌이 들었다.

그 아련함에, 어쩌면 아직도 듣고 있을지 모르는 오빠에게 오랜만에 해주고 들려주고 싶은 말이 떠올랐다.

입에 재갈이 물린 상황이지만… 지금이 아니면 해주지 못할 것 같았다.

지금 하지 않으면… 아마도 틀림없이 이 상황의 원인이었던 그를 원망하고 용서하지 못하게 될 것 같으니까.

그래서 재갈의 틈새로 말을 흘려보냈다.

"오하(오빠)……!"

이 이상 그에게 원망이 쌓이기 전에, 이런 상황에 자신을 끌어들이게 된 불쌍한 남자에게 들려줄 수 있는 최선의 한마디였다.

그렇게 한 개의 단어 속에 지금 이 순간이 되도록 내

내 가슴에 담아두었던 것을 그녀는 쏟아냈다. 이내 허리춤을 감싸는 낯선 손길에 몸을 떨며 체념에 몸을 의탁해 갔다.

바로 그때, 환청처럼 근 며칠간 듣지 못했던 목소리가 들려왔다.

"안 된다고, 이 개자식아······."

멈칫!

그 목소리에 모두가 멈춰 섰다.

현우를 죽어라 내리치던 납치범도, 뒤에서 부산히 움직이던 개자식도, 이 모든 걸 멀뚱히 지켜보던 나머지 납치범들과 앙다문 입술로 안타깝게 자신을 응시하고 있던 이성희도.

모두가 멈춰 섰다.

목소리가 이어졌다.

"박성빈··· 개새끼야, 빨리 안 떨어져······?"

눈물이 차올랐다.

지금까지와는 다른··· 지금으로선 어울리지 않는, 그런 종류의 눈물이었다.

고통도, 공포도 아닌, 완전히 다른 종류의 눈물이 눈앞을 가득 채웠고, 상황과 전혀 어울리지 않는 눈물을 참고자 얼굴이 일그러졌다.

　그 이후로도 현우의 목소리가 몇 번 더 들려왔지만, 그 내용은 잘 들리지 않았다.

　자신의 부름에 정말로 죽음의 끝자락에서 목소리를 내준 오빠에게 닿지 않은 감사를 보내며 다시 한 번 눈을 감았다.

　여태껏 너무도 무서웠지만, 수치스러움에 죽고 싶을 지경이었지만… 어째선지 조금은… 아주 조금은 두려움이 덜했다.

　물론 이런 최악의 장면을 죽음의 순간에 처한 오빠에게 보여주게 된 것은 소녀지심과 자존심에 큰 상처였지만…….

　어쩌면 며칠 전 그때 들어본 목소리가 마지막이 될 거라고 생각했던 순간에 자신을 위해 힘을 내준 목소리를 들으니, 이기적이긴 하지만 안심이 되는 기분이었다.

　그 후로도 몇 번 더 오빠의 목소리가 들려왔지만, 그 이상은 귀에 들어오지 않았다.

　오빠의 목소리가 두려움을 덜어준 것은 맞지만, 완전히 해소시켜 준 것은 아니었기에.

목소리를 듣고 더욱 분주해진 등 뒤의 기척에 온 신경이 집중돼 더 이상 목소리를 들을 수 없었다.

그리고 마침내 시원해진 하반신으로 무언가 다가온다는 것을 느낀 순간.

파삭!

"……."

'…….'

그것은 무언가 부서지는 듯한, 혹은 휩쓸려 나가는 듯한… 그런 종류의 아주 작은 소리였다.

바로 등 뒤에서 들려온 그 소리의 정체가 궁금하긴 했지만, 두려움은 눈을 더욱 질끈 감게 할 뿐이었다.

하지만…….

'……왜?'

방금 전까지 뒤에서 느껴지던 기척이 전혀 느껴지지 않았다.

아니, 여전히 낯선 손의 감촉이 피부에 닿아 있는 게 생생하게 느껴졌지만… 사람의… 생기를 느낄 수가 없었다.

툭, 투둑…….

"……?"

이상한 것은 그뿐만이 아니었다.

어디선가 흘러내린 뜨거운 물 같은 게 몸 위로 떨어지는 게 느껴졌다.

처음엔 이 짐승 놈의 침이라고 생각해 몸서리쳤지만, 어째선지 몸을 타고 흐르는 그 뜨거운 액체의 감촉은 침과는 사뭇 다른 느낌이었다.

그리고 마침내 용기를 내 질끈 감은 눈을 살포시 떴을 때.

'빨갛다.'

그녀의 눈앞을 채운 건 푸른빛이 아닌 붉은빛의 마나.

사실 그게 마나인지 무엇인지 그녀의 상식에선 알 수 없었지만… 최소한 그 모양만은 마나와 똑같이 생겼다.

난생처음 보는 기이한 현상에 등 뒤의 사람이 어떻게 되었는지조차 잊은 그녀는 한참 뒤에야 고개를 돌리는 과정에서 자신의 몸을 적신 무언가를 확인할 수 있었다.

'이것도 빨갛네?'

그리고 그때.

휘익!

얼굴 위로 수건 같은 게 날아들어 시야를 가렸다.

수건에 가려 자세히 보진 못했지만…….

무언가 새빨간 것을 잔뜩 본 기분이었다.

그게 무엇일까, 생각하려던 찰나.

그녀의 얼굴을 덮은 수건으로부터 흘러나온 향기로운 냄새에 까무룩 잠이 들고 말았다.

*　　　*　　　*

경악.

그 장면은 그 한 단어로 표현이 가능했다.

모두의 시선이 박성빈을… 아니, 박성빈이었던 무언가를 향했다.

박성빈이 있던 자리, 그 뒤에 부채꼴 모양으로 널따랗게 퍼져 나간 핏자국, 그리고 간간이 보이는 살점 같은 물체가 그것이 무엇이었는지 어렴풋이 짐작케 해주었다.

그리고 그 모든 상황을 옆에서 지켜본 나머지 네 명의 납치범이 동시에 입을 틀어막았다.

"헙!"

"우… 우웨에엑!"

"우우웁!"

"웩! 으웨엑!"

그들이 아무리 나쁜 짓을 하고 다니고, 심지어 사람까지 죽여봤다고 한들 이런 잔혹한 광경은 처음이었다.

사실 처음일 수밖에 없었다.

마치 대포라도 맞은 것마냥 깔끔하게 날아간 상반신과 주변으로 잔뜩 퍼져 나간 핏방울.

이런 모습을 그 어디에서 봤을 것이며, 설령 봤다 한들 익숙해질 리가 있겠는가.

특히나 납치범들이 서 있던 자리는 정확히 박성빈의 옆면을 볼 수 있던 바, 남은 것이라곤 김예린의 몸에 가려 현우의 시야에서 벗어나 있던 손과 아랫배 부근부터 남아 있는 하반신뿐이었다.

방금 전까지 살아 있던 인간의 모습을 보고 있던 그들로선 당연히 감당하기 힘든 충격일 수밖에 없었다.

그들은 이게 어떻게 된 일인지 알 수는 없지만… 자신들이 나쁜짓을 한 벌을 받고 있다고 생각했다.

저런 미친놈의 의뢰를 돈만 보고 덥석 받아들여서 평생을 짊어질 벌을 받았다고 생각했다.

그리고 그런 생각을 하는 것은 그들 넷뿐만이 아니었
다.

'시…발… 이게 뭐야?'

부들부들.

여태껏 현우를 열심히 매타작하던 녀석은 다른 납치
범들은 물론, 알음알음 알고 지내는 다른 나쁜 놈들 중
에서도 손에 꼽을 만큼 잔혹한 인간이라 불리는 인간이
었다.

하지만 그런 그조차도 단언컨대 이런 엽기적인 모습
은 난생처음 봤다고 할 수 있었다.

'가끔 골통을 까부숴 버리거나 한 시체들은 몇 번 봤
지만……'

상체가 핏물이 되어버리다니.

그의 상식으로선 이해할 수도 없고, 상상조차 할 수
없는 모습이었다.

그리고 무엇보다 그를 떨게 만드는 것은…….

'이놈… 이 새끼가 그런 거 맞지?'

다른 사람들이 현우의 절규에 맞춰 박성빈을 보고 있
을 때, 바로 코앞에 현우를 두고 있던 그만은 확인할
수 있었다.

순간적으로 현우의 눈언저리로부터 시작된 광선이 허공중에 녹아드는 것을.

보통의 사람이라면 절대 보지 못했을 광선의 잔재였다.

하지만 현우와 같은 방향으로 시선을 두고 있었기에 직선 방향으로 날아가던 광선의 꼬리를 어렴풋이 볼 수 있었던 것이다.

'이게… 인간이 한 짓이라고?'

그 광선의 정체가 무엇인지, 어떻게 저럴 수가 있는지, 수많은 생각이 떠올랐지만… 그보다 먼저 그의 머릿속을 지배한 것은 현우의 정체였다.

그는 잔혹한 범죄자이긴 하되 가진바 상식은 지극히 평범한 인간에 불과했기에 그런 모습을 보고 마법을 떠올리지는 못했다.

보통 사람들에게 있어서 마법은 보통의 과학보다 훨씬 전문화된, 굉장히 어려운 종류의 과학 정도로 인지되고 있었다.

사정이 그렇다 보니 그들이 흔히 보아온 만화나 소설, 게임 속의 마법이 현실에서도 존재할 수 있다는 걸 쉽게 생각해 내지 못했다.

당연히 그에게 있어서도 방금 현우가 사용한 것은 마법이 아닌, 어떠한 괴물의 힘 같은 걸로 보였다.

사실 냉정히 생각해 보자면 공격 마법보다도 그런 정체불명의 힘을 쓰는 괴물이 훨씬 더 비현실적이지만… 최소한 그가 떠올릴 수 있는 것은 거기까지가 한계였다.

스윽─

여태 현우를 내리치던 각목을 높게 쳐들었다.

'이 괴물 자식… 여기서 죽여주마!'

그 순간, 현우의 얼굴 위로 짙은 음영이 떠올랐다.

*   *   *

같은 시각, 현우는……

'우욱… 피를 뱉어낼 수가 없어.'

주륵─ 주르르륵─

그야말로 옴짝달싹못하게 되어 입을 움직일 힘조차 없었기에 내상으로 역류하는 피를 꿀럭꿀럭 흘려내고 있었다.

'제기랄… 최수의 수단이었는데 말이지…….'

현우는 아쉬움에 속으로 욕을 했다.

급한 마음에 최후까지 아껴둔 수단을 제대로 준비도 못하고 사용해 버렸다. 본래 계획은 박성빈을 포함한 여기 있는 납치범 전원을 무력화시키는 것이 목표였던 만큼 사실상 지금의 행동은 무리수라고밖엔 표현이 불가능했다.

하지만 김예린의 위기를 보고 저도 모르게 본래 준비 했던 것을 변형시켜 박성빈 하나만 간신히 날려 버린 현우였다.

'그나마 다행인가? 다들 바짝 졸아서 당장 위험할 것 같진 않군.'

모두의 시선이 박성빈의 시체에 가 있는 것을 보며 내심 안도의 한숨을 쉰 현우는 다시 기력을 끌어모았 다.

'계획했던 대로라면 희생 마법도 연속으로 쓸 수 있 었겠지만… 갑자기 끌어다 쓰는 바람에 조금 더 시간이 필요하게 됐으니… 이렇게나마 시간을 번 게 다행이 군.'

희생 마법.

방금 현우가 박성빈의 몸통을 날려 버린 마법의 종류

였다.

말 그대로 술자가 가진 본연의 힘 내지는 무언가를 에너지화하여 마나를 대체해 사용하는 마법이다.

이 희생 마법은 본인이 사용하는 마나에 추가적으로 마나 외의 힘을 더하는 방식이기 때문에 본래 가지고 있는 마법 실력보다 강력한 마법을 사용할 수 있게 해 주었다.

그런 이유로 마법사들에게 있어서 동귀어진의 최후의 필살기와도 같은 개념의 마법이었다.

그리고 동귀어진이라는 말에 어울릴 만큼 커다란 리스크를 지닌 마법이었다.

'수명은 반 이상에… 무언가 하나를 더 잃긴 한 거 같은데… 워낙 몸이 엉망이라 뭘 뺏겼는지도 알 수가 없군.'

희생 마법이 필요로 하는 에너지는 술자 자신의 본연의 힘.

즉, 생명력이었다.

대개는 수명을 소모하기 마련이고, 그보다 강한 위력을 원한다면 감각이나 신체의 일부 등을 에너지화하는 경우가 있었다.

그리고 이는 당연하게도 굉장히 위험한 마법이었다.

단순히 생명력을 소모해서 신체나 감각을 에너지화하기 때문이 아니었다.

희생 마법에 소모되는, 에너지화된 생명력은 마나와는 꽤 다른 성질을 지닌 힘이었다.

그 가진바 힘은 마나를 웃돌지만, 그 강력한 위력만큼이나 다루기 까다로울 수밖에 없었다.

그렇기에 보통의 마법사들은 이런 힘을 제어하지 못하고 자멸하는 경우가 허다했다.

간혹 간신히 힘을 제어해 낸 이들도 힘의 움직임과 경로만을 수식으로 제한할 뿐, 그 힘이 소모되는 양을 조절하지 못해 단숨에 노쇠화되는 경우가 수두룩했다.

하지만… 대언령사 칼롯 코즈너는 달랐다.

대언령사로서 세상의 법칙에 가장 가까운 그에겐 평범한 인간으로선 상상도 할 수 없는 막대한 생명력이 존재했고, 마법 연구에 일생을 보낸 자답게 생명력을 이용한 희생 마법 역시 연구한 바가 있었다.

그 결과, 희생 마법에 소모되는 생명력을 완벽하게 조절하는 방법을 터득해 냈고, 심지어 소모된 생명력을 일부 회복하는 방법까지 알아내고야 말았다.

하지만 당시 9클래스 급 언령사였던 그로서는 실전에서 사용해 볼 일이 없었고, 사실상 그만둔 연구였다.

하지만 이곳 세상에서 현우로 회귀한 그는 벌써 두 번째 희생 마법을 사용하는 중이었다.

'크… 희생 마법을 너무 우습게 봤어.'

일전에 희생 마법을 썼을 때도 마찬가지였다.

동귀어진의 수로 사용되는 마법답게 현우가 희생 마법을 쓰는 순간은 전부 스스로가 정상이 아닌 상태일 때의 일이었다.

이는 그저 마법의 위력을 강화시킬 방법을 생각하던 칼롯 코즈너와 위태로운 상황에서 구명의 수단으로 희생 마법을 떠올린 사람의 차이였다.

당연하게도 그런 상황에 빠질 리 없는 칼롯 코즈너로선 생각지 못한 불찰이었다.

그나마 저번에 마법을 사용했을 때는 미약하게나마 마법 사용의 보조를 도왔지만, 오늘은 달랐다.

그야말로 아무것도 없는, 맨몸으로 마법을 발동한 것이었다.

생명력을 에너지화했고, 에너지화한 것을 조종하기 위한 힘을 만들고자 또다시 생명력을 치환했다.

그것만으로도 본래 필요한 생명력의 두 배가 소모된 상태였다.

그런데 현우에겐 이 에너지를 섬세하게 조종하여 마법화할 시간이 부족했다.

오빠를 애타게 찾는 동생의 울음 섞인 목소리가 현우의 마음을 급하게 만든 것이다.

현우는 에너지를 마나화, 마법화하는 과정을 생략해야만 했고, 그런 다음에 역시 희생 마법의 치환으로 억지로 우겨넣었다.

하지만 현재의 몸 상태로선 그 이상 끌어낼 생명력이 모자랐기에 저도 모르게 '무언가 하나'를 소모해 같이 녹여내 버린 것이었다.

'그나저나… 앞으로 최소한 하나 이상의 마법이 더 필요한데…….'

납치 사건의 원흉인 박성빈을 죽이긴 했지만, 아직 납치범 다섯은 살아 있는 상태였다.

그중 넷은 확실히 정신을 차리지 못하고 있는데다 겁을 많이 먹은 것처럼 보였으니 도망갈 가능성도 있어 보였다.

하지만 문제는…….

'내 등 뒤에 있는 놈인데 말이야.'

박성빈은 여태껏 이 세상에서 만난 인간 중 가장 심각한 또라이였지만, 현우를 각목으로 내리치고 있던 납치범 녀석도 상당히 미친 축에 속하는 인간이었다.

다른 넷은 몰라도 최소한 이 녀석만큼은 반드시 처리해야만 했다.

'조금만 더… 시간이 필요해.'

본래 계획대로 마법을 발동했다면 처음 소모한 생명력만으로도 박성빈을 포함해 모두를 무력화시키는 게 가능했을 것이다.

혹여 실패하더라도 오랜 세월 쌓아온 노하우로 곧장 다음 마법을 펼칠 수 있을 터였다.

박성빈을 죽이지 않아도 되었다.

하지만 부지불식간에 화를 참지 못하고 너무 많은 생명력을 소모한 탓에 지금은 그게 불가능했다.

당장 희생 마법으로 에너지를 치환한다면 신체 일부나 생명력 일부가 아니라 목숨을 빼앗길 가능성이 컸다.

물론 실낱같이 남은 생명력을 두고 목숨이 아깝다고 생각하는 건 아니었지만…….

'최소한 이 녀석들이 살아서 돌아가는 건 확인해야 겠지.'

여전히 눈을 꼭 감고 있는 김예린과 파랗게 질린 안색으로 박성빈의 시체로부터 시선을 돌리고 있는 이성희.

이 둘은 현우 자신 때문에 말려든 피해자들이었다.

물론, 일이 이렇게까지 된 것 자체는 박성빈의 탓이지만, 사실 이 일을 거슬러 올라가면 현우와 박성빈 간의 트러블이 문제였으니 말이다.

즉, 이성희와 김예린은 피해자일 수밖에 없었다.

그런 둘을 위해서라도 현우에겐 지금 이 순간만큼은 살아 있어야 할 의무가 있었다.

그렇게 이성희와 김예린을 번갈아 바라보던 현우의 눈에 문득 이상한 게 들어왔다.

펄럭―

'응?'

허공에서 내려오는 수건 정도라 추정되는 천 조각이 허공을 가르더니, 슬쩍, 눈을 뜨려 하던 김예린의 얼굴에 안착했다.

또한 여전히 퍼렇게 질려 있던 이성희의 얼굴에도 올

라갔다.

'젠장, 저건 또 뭐야?'

그게 무엇인지는 알 수는 없지만, 지금 상황에서 저런 걸 던질 사람은 최소한 저들 중엔 없었다.

즉, 저걸 던진 건 납치범들이 아닌 또 다른 누군가란 의미.

당장에 납치범 다섯 명을 제압하는 데만도 목숨을 걸어야 하는 상황인 현우로선 제3자의 개입은 그리 달가운 일이 아니었다.

물론 아군이라면야 이야기가 달라지겠지만, 이곳에 끌려오며 현우는 그 누구에게도 도움을 청한 적이 없었다.

아마 김예린과 이성희도 다를 바 없으리라.

만약 조력자가 왔다면 우연히 현우네들의 납치 현장을 목격한 누군가의 신고로 경찰이 개입했을 가능성 정도뿐인데, 만약 경찰이 납치 신고를 받고 이곳에 온 것이라면 저런 수건 따위를 던질 이유가 없었다.

게다가 현우가 지금 저걸 던진 이가 경찰이 아니란 걸 확신하는 이유는 다른 데 있었다.

'저 수건, 마법이 걸려 있어.'

걸려 있는 마나의 수준을 보건대 강력한 마법은 아닌 듯싶지만, 저런 물건을 경찰이 쓸 이유는 없었으니 최소한 경찰의 개입은 아닌 게 분명했다.

'당장에 위해를 끼치는 마법은 아닌 건가?'

얼굴에 수건이 덮인 김예린이나 이성희가 별다른 저항이 없는 걸로 보아 예상대로 위험한 마법은 아닌 듯했다.

현우는 내심 안도했지만, 수건의 주인을 여전히 알 수 없는 만큼 긴장을 늦추진 않았다.

그리고 갑작스레 나타난 수건을 보고 긴장한 사람은 비단 현우뿐만은 아니었다.

"뭐, 뭐야, 저거!"

"씨발, 또 뭔데? '

"으으, 제발… 난 살고 싶어……."

"귀신… 귀신이 분명해!"

납치범들은 김예린의 얼굴을 덮은 수건을 보며 두려움에 몸을 떨었다.

그 수건이 무엇이고, 무슨 의미인지는 알 수 없지만, 수건 자체가 어디서 나타난 건지 본 사람이 아무도 없는 만큼 지금 상황이 귀신의 짓이라고 생각하는 듯싶었다.

하지만 수건을 본 이들 중 나머지 한 명, 현우의 뒤에 서 있던 납치범만은 행동이 달랐다.

"지금… 다른 짓을 하기 전에 먼저……!"

후웅!

현우의 머리를 겨냥하고 있던 각목이 힘차게 허공을 가르는 소리가 울려 퍼졌다.

이미 혼란에 빠질 만큼 빠진 그에게 공중에서 느닷없이 나타난 수건 역시 현우의 짓으로밖엔 보이지 않았다.

그것 역시 조금 전에 본 광선의 전조로밖엔 생각되지 않는 그였다.

"죽어라아아! 이 괴무우울!"

그는 자신이 죽지 않기 위해 필사적으로 각목을 휘둘렀다. 하지만 그 각목은 끝까지 나아 갈 수가 없었다.

턱!

"어……?"

그가 생각하기론 빠각, 내지는 퍽, 하는 소리가 울려 퍼져야 정상이었다.

한데 그런 상황에서 현우를 향하던 각목이 중간에

턱, 소리를 내며 멈춰 선 것을 보곤 얼빠진 소리를 흘렸다.

그 순간.

퍽!

"어… 어어……."

풀—썩.

그가 기대하던 소리가 자신의 턱에서 울려 퍼졌고, 그는 그 길로 꿈속에 빠져들었다.

"히, 히이익!"

"귀신이야!"

"진짜야! 진짜 귀신이라고!"

"저, 저 오늘부터 교회에 갈 거니까… 어릴 때 헌금함에서 돈 훔친 것도 가서 다 돌려줄 테니까요… 제발!"

현우를 때리려던 납치범이 느닷없이 허물어지는 것을 보며 기절초풍을 하던 남은 납치범들은 어린날의 절도 사실까지 고백하며 필사적으로 목숨을 구걸했지만, 그들이 빌고 있는 귀신님에게 자비란 없었다.

퍽! 퍽! 퍽! 퍽!

마치 한순간에 때린 것마냥 거의 비슷하게 울려 퍼지

는 타격음은 나란히 선 납치범들의 턱에서 순서대로 울려 퍼졌고, 이내 처음 쓰러진 납치범이 그랬던 것처럼 전부 바닥에 드러눕고야 말았다.

'누구냐……!'

현우는 더 이상 움직이지 않게 된 입으로 고민했다.

마법으로 몸을 감추고 있을 누군가를 확인하고자 필사적이었지만, 그 입에선 여전히 내상의 흔적만이 흘러나올 뿐, 목소리가 흘러나오지는 않았다.

그때, 허공에서 불쑥 새하얀 손이 튀어나왔다.

그리고 장막이 걷히듯 아무것도 없는 허공에서 차례차례 늘씬한 다리와 몸이 드러났다.

다소 가까이서 나타난 상태였기에 현우의 시야로 확인할 수 있는 것은 거기까지였다.

그때, 현우의 얼굴 위로 예의 두 여자의 얼굴을 덮은 수건이 얹어졌다.

움직일 리 없는 몸으로 저항을 하는 현우였지만… 당연히도 이를 막을 수는 없었다.

그때, 미동도 없는 현우로부터 기분을 읽어낸 것인지, 얼굴에 덮은 수건을 살짝 들어 올린 누군가가 현우 앞에 쪼그려 앉았다.

짤랑—

'저건……?'

고개를 숙인 듯 얼굴 위로 음영이 드리워지자 현우의 눈에 누군지 모를 사람이 걸고 있는 목걸이가 눈에 들어왔다.

그 문양이 익숙하게 느껴져 잠시 생각에 빠진 현우의 귓가로 달콤한 목소리가 들려왔다.

"이제 그만 쉬셔도 좋아요. 그러니… 저항하지 마세요."

그 말을 끝으로 다시 현우의 얼굴에 얹어진 수건으로부터… 지금의 현우로선 도저히 어떻게 할 수 없는 수마의 손길이 뻗어왔다.

여태껏 움직일 줄 모르던 현우의 눈꺼풀이 조용히 닫혔다.

현우의 얼굴 위에 덮인 수건을 지그시 바라보던 누군가가 성한 곳이 없는 현우의 몸을 떨리는 손으로 쓰다듬으며 말했다.

"힐링."

파아아앗!

따스한 하얀빛이 현우의 상처 부위를 감싸고, 이내

흉하게 벌어졌던 상처 몇 개가 조금이나마 아물었다.

파아아앗!

파아아앗!

파앗……!

빛은 몇 번이고 현우의 몸을 뒤덮었고, 얼마 뒤 사그라들었다.

그리고 잠시 뒤.

삐용삐용.

저 멀리 산 밑에서부터 붉고 푸른빛의 사이렌이 산을 오르기 시작했다.

5.
괴물과 엄마

짹— 짹짹짹!

"음, 으으음⋯⋯."

현우는 귓가를 간질이는 새의 지저귐에 힘겹게 눈을
떴다.

그리고⋯⋯.

화들짝!

파밧!

정신을 차림과 동시에 자리에서 벌떡 일어난 현우는
경계하는 모습으로 주변을 두리번거리며 자신이 있는
곳을 확인했다.

'병원… 병실인가?'

병원 이름이 박혀 있진 않지만 누가 봐도 환자복으로
밖엔 안 보이는 하얀 옷하며, 꽤 고급스런 모양이긴 하
지만 전형적인 환자용 침대의 모습을 한 침대의 모양.
그리고 결정적으로 팔에 꽂힌 링거의 튜브가 이곳이 병
실임을 알려주고 있었다.

'요 근래 두 번째군, 이런 건.'

현우가 정신을 잃은 지 얼마나 됐는지는 모르겠지만,
불과 며칠 전에도 지금과 비슷한 상황에 처한 현우였
다.

조금 다른 점이 있다면, 당시의 현우는 병원의 병실
이 아니라 서 회장의 저택의 수많은 방들 중 한곳에 숨
어 지내는 중이었다면, 지금은 깔끔하게 청소된 병실과
얼마 전까지도 사람이 있었음을 알려주는 침대 옆 의자
의 배치, 서랍 위에 놓인 도시락이라 추정되는, 맛있는
냄새의 스티로폼 용기를 보건대, 그때와는 달리 숨겨지
고 있는 상황은 아닌 듯했다.

털썩!

삐이걱!

딱히 위협이 될 만한 것을 찾지 못한 현우가 안심하

며 주저앉자 침대가 삐걱이는 신음 소리를 냈다.

꽤나 귀에 거슬리는 소리긴 했으나, 현우에겐 자신이 살아 있음을 알려주는 소리이기도 했다.

'어떻게든 구조가 된 건가?'

병원의 병실에 이렇게 편히 누워 있는 것을 보면 구조된 것은 분명한 사실인 듯했다.

문제는…….

'그게 누구였던 걸까?'

지금 상태며 상황을 보건대, 그때 나타난 건 조력자인 듯싶었다.

당시의 상황을 떠올리던 현우는 마지막에 자신의 얼굴 위로 수건을 덮어주던 누군가의 목소리가 굉장히 낯익다는 것을 기억해 냈다.

거기에…….

'그 목걸이도 분명…….'

정신을 잃기 전, 귀에 대고 말을 하던 누군가의 목에 걸려 있던 목걸이의 문양.

그것은 분명 현우에게 상당히 익숙한 모양이었다.

다만, 그게 무엇이었는지 정확히 기억이 나지 않을 뿐.

'기억나지 않아……'

본래의 현우였다면, 본래의 칼롯 코즈너였다면, 그렇게 특이한 문양이라면 본 순간 떠올렸어야 맞았다.

하지만… 현우의 자기 부정에 의한 영향은 여전히 계속되고 있었다.

칼롯 코즈너도, 김현우도 아닌, 다른 누군가로 인해 마나 지배력을 잃은 현우는 자신의 기억력조차 불신하고 있었기에 기존의 절대에 가깝던 기억력은 많이 쇠퇴한 상태였다.

스멀.

자신의 기억력에 불신을 품은 현우의 눈동자가 옅게 검은빛으로 물들었다.

그때였다.

드르륵—

흠칫!

병실 문이 열리고 안으로 들어오던 사람이 자리에 앉아 있는 현우를 보고 흠칫 놀란 표정을 지었다.

그리고 그런 반응은 현우 역시도 마찬가지였다.

"……"

"……"

두 사람은 서로를 바라보며 잠시 아무런 말이 없었다.

그도 그럴 것이, 현우의 병실을 찾은 사람은 단순히 잠시 이곳에 들렀을 때 두고 간 물건이 있어 찾으러 왔을 뿐이었고, 현우로선 자신의 병실을 찾아온 사람이 너무도 의외의 인물인 탓이었다.

그렇게 서로가 각자의 검은 눈을 응시하고 있을 때, 무언가 결심한 듯 입술을 깨문 방문자가 열고 들어온 문을 닫더니 성큼성큼 현우에게도 다가왔다.

드르륵—

성큼성큼.

흠칫!

현우로선 설마하니 상대가 갑자기 이렇게 느닷없이 걸어올 것이라곤 생각지 못했기에 흠칫 몸을 떨며 앉은 자세로 살짝 뒤로 물러섰다.

하지만 금세 앞에 당도한 사람을 피할 수는 없었다.

짜아악!

"……."

"……."

설마하니 따귀를 때릴 것이라곤 상상치 못했던 탓

일까?

현우는 자신의 뺨을 향해 날아오는 손을 보고도 피하질 못했다.

스윽—

현우는 지금쯤 붉게 달아올랐을 자신의 뺨을 슬쩍 매만지며 상대를 봤다.

그러자…….

짜악!

이번엔 반대쪽 뺨에서 불이 났다.

정말이지 현우로선 예측조차 할 수 없는 상대의 돌발 행동에 어처구니없이 양 뺨을 다 내줬지만, 차마 반항하거나 저항할 생각은 하지 못했다.

"너… 너 때문에…….”

흠칫.

멍한 현우를 대신에 먼저 말을 꺼낸 것은 이번에도 침입자였다.

현우는 눈물이 잔뜩 고여 울먹이는 목소리로 말을 하는 ‘그녀’를 보며 아무 말도 하지 못했다.

그런 현우의 뺨 위로, 머리 위로 그녀의 어설픈 주먹질과 손바닥이 날아들었다.

짝! 짜작! 딱!

"너 때문에… 너 때문에에!"

'요즘… 맞기만 하는군.'

허우적거림에 가까운 상대의 손길을 묵묵히 맞아주던 현우는 근래에 자주 정신을 잃고, 자주 맞는다는 생각을 하며… 검은색 기운이 가신 눈으로 상대를 응시했다.

하지만 상대는 아직 멈출 생각이 없다는 듯 마구잡이로 현우를 때리고, 할퀴었으며, 윽박질렀다.

"너 때문에! 내 딸이!"

"……."

울음 가득한 목소리로 현우를 마구 때려 대는 그녀의 말에 현우는 내심 굉장히 놀랐지만, 겉으로 표현하지는 않았다.

대신 생각할 뿐이었다.

'설마… 김예린한테 무슨 일이 생긴 건가?'

마지막으로 확인했던 김예린의 모습은 현우가 희생 마법을 쓴 덕분에 정말 최악의 상황이 벌어지는 것을 피하고 수건의 마법으로 정신을 잃은 데까지였다.

'혹시 조력자가 김예린을 구하지 않은 건가? 아니면

조력자가 아니었을지도……'

현우는 머릿속으로 떠오르는 여러 가지 안 좋은 생각들 중 가능성이 높은 것을 추리며 쉼 없이 현우를 때리고 있는 자신의 '새엄마 박예은'을 응시했다.

그녀는 현우가 쳐다보거나 말거나 그런 건 신경 쓰지 않는 듯했고, 그저 계속 울면서 현우를 때릴 뿐이었다.

"내 딸! 내 딸이 왜 그런 위험에 빠졌어야 하는데! 왜!"

짜악! 짝!

"……."

"내 딸이 무슨 잘못을 했다고! 내가 무슨 잘못을 했다고!"

따악! 퍽! 퍽!

"……."

"왜 너 같은 걸 만나서! 어쩌다 이딴 집에 다시 시집을 와서! 네가 뭔데! 너 따위가 뭔데……!"

현우는 끊임없이 이어지는 폭언과 구타 속에서 묵묵히 모든 것을 받아들였다.

만약 그녀가 당시의 일을 잊지 못하고 트라우마에 빠져 비관 자살 같은 것이라도 했다면… 그것은 응당 모두 현우의 책임이었다.

김예린은 그 상황에 있어 철저한 피해자였기에, 본래대로라면 현우와 이성희가 끌려오는 것으로 충분했을 그곳에 같이 끌려온 아이였기에, 만약 그녀에게 이번 일을 통해 무슨 일이 생겼다면 현우는 그 모든 책임을 짊어질 생각이었다.

'물론 어떤 방법으로 책임을 질 수 있겠냐마는……'

하지만 그녀가 몇 번이고 말하는 것처럼 현우가 있는 게 싫은 것이라면 그 정도는 들어줄 수 있었다.

지금 당장은 당연히 힘들겠지만, 얼마 안 가 이 세상을 떠나려던 현우였으니.

원한다면 당장이라도 집에서 나와 이 세상에서 영원히 사라질 수 있는 그날까지 숨어 살 자신도 있었다.

그렇게 현우가 묵묵히 모든 것을 받아들이고 있는 그때, 병실 밖에서 소란을 들은 듯 분주한 발걸음 소리가 가까워지고 있었다.

"이 개자식! 망할 자식! 너 같은 게! 너 같은 게 아들이라고! 뭐라고 말이라도 좀 해봐!"

"아……"

달싹.

울부짖는 그녀에게 할 말이라곤 하나도 없는 현우였지만, 그녀가 원하는 대로 무언가 말이라도 하기 위해, 죄송하다는 한마디라도 할 요량으로 입을 열었다.

그리고 그와 동시에 병실의 문이 열리며 몇 사람이 쏟아지듯 들어왔다.

"으아… 으아어어……."

"이… 이 무슨… 장난하는 거야, 너?"

현우의 말을 들은 박예은이 분에 겨운 목소리로 되물었지만… 현우는 대답해 줄 겨를이 없었다.

방금 문을 열고 들어온 사람 중에 다시 한 번 예상치 못한 인물이 있었기 때문이다.

"엄마! 뭐하는 거야!"

"현우야!"

"현우 오빠, 깨어났구나!"

서보람을 제외하고 김예린과 이성희 모두 환자복을 입은 모습이지만, 여태 죽거나 무언가 큰일을 당했으리라 생각했던 김예린은 그들 세 여자 중 가장 건강해 보였다.

그 모습을 보고 현우가 박예은에게 물었다.

"으어… 으어어어아(이게, 어떻게 된 거죠)?"

그리고 자신의 입에서 흘러나온 소리에 흠칫 놀라고
야 말았다.

처음에 박예은의 요구에 말을 했을 땐, 오래 병실에
누워 있어서 후유증이 있나 보다 생각을 했다.

그래서 그 말소리를 듣고 화를 내는 박예은에게 다시
미안하다 말할 생각이었다.

그러나 이번엔 달랐다.

자신의 몸 상태가 완벽하지 않다는 것을 인지한 이
상, 말이 제대로 안 나오는 것 정도는 몸을 완벽하게
통제할 줄 아는 현우에겐 그다지 어려운 문제가 아니었
다.

그럼에도 불구하고 입에서 튀어나온 것은 말이라기
보단 차라리 아기 옹알이에 가까웠다.

"……."

"……."

일순 병실 안에 침묵이 흘렀다.

현우는 손을 들어 자신의 턱을 매만졌고, 네 여자의
얼굴엔 각각 황당하다는 표정, 걱정스럽다는 표정, 이
해가 안 된다는 표정 등이 교차했다.

그때쯤에서야 현우는 깨달은 것이 있었다.

'감각이… 무디다…….'

턱을 매만지는 손에 턱의 감촉이 잘 느껴지지 않았다.

턱을 만지던 손으로 다른 손을 주물러 봤지만, 주물러진 손도, 주무른 손도 그 감촉이 제대로 전해지지 않았다.

당황한 현우가 팔을 뻗어 병원 침대의 모서리 부분, 쇠로 된 부분을 잡자 잠시 뒤 차가운 감촉이 느릿하게 손을 타고 흐르는 게 느껴졌다.

현우의 얼굴이 당혹감으로 물들었다.

'설마… 희생 마법으로 뺏긴 게 촉감의 일부인가……?'

그제야 현우는 자신의 상태를 하나씩 점검하기 시작했다.

아까 침대에서 갑자기 움직였음에도 이상이 없던 단순 운동 능력 같은 건 시험하지 않았다.

현우는 직접 자신의 볼을 꼬집어보았고, 서랍 위에 놓여 있던 도시락의 뚜껑을 열어 그 냄새를 맡았으며, 그 안에 들어 있던 김치 한 조각을 꺼내 곧장 맛을

봤다.

그리고 마지막으로 그런 현우의 모습을 황당해 마지 않는 여자들의 기가 막힌다는 듯한 콧소리와 작은 숨소리에 귀 기울였다.

'확실해……! 모두 정상이지만 촉감이 무뎌졌다…….'

볼을 꼬집었을 때의 통증은 거의 느껴지지 않았다.

도시락의 음식 냄새는 또렷했다.

도시락 속 김치 반찬의 짠맛은 확실히 느낄 수 있었지만, 특유의 매운맛을 느끼기까진 잠시 시간이 걸렸다.

매운맛은 촉각의 일종인 통각을 기반으로 하는 맛.

현우는 자신의 몸에 닿아 느끼는 감각이 떨어졌음을 확인할 수 있었다.

'그렇군… 그래서 말도…….'

말소리를 내는 것은 혀와 입, 입술의 모양, 목구멍의 변화 등 다양한 요인이 있는데, 그중 혀의 움직임은 굉장히 중요했다.

하지만 지금의 현우는 혀의 움직임이 제대로 느껴지지 않는 상태.

그간 축적된 경험이 어설프게 혀를 움직였지만, 본래와 똑같은 소리를 내는 것은 불가능했다.

'젠장! 이게 뭐야!'

마나 지배력을 잃고, 언령의 기본이 되는 소리마저 잃었다.

현우는 진정으로 절망할 수밖에 없었다.

마나 지배력을 잃었을 땐 지배력은 없어졌지만 마나가 감지되는 것을 느끼며 자신에게 생긴 이상을 고치기만 하면 문제없으리라고, 조금은 막연한 생각을 가지고 있었다.

하지만 이제 와선 언령의 기본인 말조차 할 수 없다니.

이건 마치 현우로부터 마법을 완전히 빼앗으려는 게 아닌가.

현우의 눈동자 속에서 검은색이 출렁였다.

그때, 김예린이 현우에게 다가왔다.

"그… 괜찮은 거야?"

혼자서 이상한 행동을 하던 현우의 표정이 딱딱하게 굳는가 싶더니, 이내 안색마저 어둡게 변하자 김예린으로선 그 모습을 더 이상 두고 볼 수가 없었다.

현우는 김예린을 향해 느릿하게 고개를 들어 반쯤 검은빛이 차오른 눈으로 그녀를 응시했다.

현우의 눈동자와 마주한 김예린이 살짝 물러서긴 했지만, 이내 자신을 쳐다보는 현우의 눈을 함께 마주 보기 시작했다.

그러자 옆에서 큰 소리가 들려왔다.

"너! 뭐하는 거야! 연기라도 하는 거야? 너도 피해자라고? 그런 말이 하고 싶은 거라면 집어치워!"

김예린의 엄마, 박예은의 분노에 가득 찬 목소리에 현우의 시선이 천천히 그녀를 향했다.

어느새 2/3가량 검은빛으로 물든 현우의 눈과 마주한 박예은이 흠칫, 크게 한 걸음 물러섰다.

그와 동시에 김예린이 박예은을 살짝 잡아당겼다.

"그… 김현우… 오빠한테 왜 그래……."

"뭐? 오빠?"

"오, 오빠 맞잖아……."

어쩐지 부끄럽다는 듯한 표정으로 말끝을 흐리는 김예린을 보며 박예은이 기가 막힌다는 듯 크게 헛숨을 내쉬었다.

"허? 뭐? 오빠? 예린아, 너 정말 거기 끌려가서 머리 같은 데 다친 거 아니니?"

"뭐? 엄마는 무슨 말을 그렇게 해?"

박예은의 날선 물음에 현우를 오빠라 부르며 수줍어
하던 김예린이 눈을 동그랗게 뜨고 되물었다.

하지만 돌아온 것은 그녀로선 반박할 수 없는 지난날
의 일들이었다.

"무슨 말을 그렇게 하냐니! 너야말로 대체 무슨 말을
하는 거야! 김예린! 내가 설마 너 저 자식 방에 들어가
서 무슨 짓을 하는지 몰랐을까 봐 그러는 거야? 만날
발로 차고! 때리고! 저 녀석을 무시하던 건 바로 너야,
김예린!"

"그, 그건……."

눈에 띄게 당황하는 김예린의 모습에 그런 사실을 처
음 듣는 이성희와 서보람은 눈을 크게 뜰 수밖에 없었
다.

김예린과 현우가 사이가 별로 안 좋다는 것 정도는
알고 있었지만, 설마하니 그 정도일 거라곤 생각지 못
했던 탓이다.

그때, 역정을 내던 박예은의 표정이 갑자기 바뀌며
안타깝고 걱정스러운 얼굴로 김예린에게 물었다.

"너… 혹시… 저 나쁜 놈한테 뭔가 협박 받고 있는 거 아니야? 그날 저 자식이 너 납치한 놈들이랑 짜고 이상한 짓이라도 하든?"

"어, 엄마! 대체 무슨 소릴 하는 거야!"

어쩐지 눈이 돌아갔다는 말로밖엔 표현하기 힘든 박예은의 이상한 행동에 김예린은 크게 당황하며 그런 자신의 엄마를 말리고자 했다.

하지만 그녀의 입은 쉼 없이, 그리고 거침없이 떠들어 댔다.

"그렇잖아! 니가 거기 잡혀간 거! 그거 전부 저 나쁜 놈이 학교생활을 그따위로 해서 그런 거잖아! 저 자식이 저런 정신병자만 아니었으면! 그랬다면 니가 위험할 일이 없었잖아!"

딴엔 맞는 말이었다.

현우가 사교성 있는 학생이었거나, 혹은 대세에 편승하는 평범한 학생만 되었어도 애당초 박성빈과 충돌을 일으킬 일 자체가 없었을 테니.

"저 녀석이 왕따만… 저런 이상한 녀석만 아니었어도… 너도 학교 다니기 더 편했을 텐데… 그리고 나도……."

무언가 하려던 말을 흐린 박예은은 이내 멍한 표정을 짓고 있는 김예린을 끌고 나가며 도시락이 들어 있는 비닐 봉투를 챙겼다.

그리고 그중 현우가 김치를 꺼내 먹었던 도시락을 집어 던지며 말했다.

퍽!

주르륵.

"이건 너 같은 게 먹으라고 사 온 게 아니라 내 딸 주려고 사 온 거야! 알겠어? 정 먹고 싶으면 네 아비가 주는 돈으로 사다 처먹어! 그리고 다시는 우리 예린이한테 피해 올 짓 하지 마! 아니, 앞으로 아예 나타나질 마!"

"어, 엄마!"

김예린은 자신의 엄마가 집어 던진 도시락이 정확히 이마에 명중하며 거기서 흘러내린 각종 반찬이 현우의 얼굴과 몸을 타고 흘러내리는 모습을 보며 그녀를 책망의 눈빛으로 바라봤다.

하지만 박예은의 얼굴엔 그 어느 때보다 굳건한 단호함이 서려 있었다.

"자, 잠깐! 이거 놔! 엄마!"

"당장 따라 나와! 저런 녀석이랑 한시도 같이 있어선 안 돼!"

그렇게 말하며 김예린을 마구잡이로 병실 밖으로 끌어내던 박예은이지만, 살림으로 단련된 그녀의 힘으로도 김예린의 고집을 꺾지는 못했다.

"이거… 놔!"

홱!

털썩!

단숨에 잡힌 팔을 비틀어 엄마의 손아귀에서 빠져나온 김예린은 멍한 표정으로 자신을 바라보는 박예은을 보며 말했다.

"엄마! 오빠는 불쌍한 사람이야! 오빠라고 해서 그러고 싶었던 게 아니라고! 엄마는 못 봤겠지만… 그날 오빠는……!"

현우가 정말 죽은 게 아닐까 싶을 만큼 맞던 모습과, 죽었다고 생각한 뒤에도 납치범이 몸뚱이를 두드리던 모습을 떠올린 김예린의 눈시울이 조금 붉어졌다.

금방이라도 눈물이 흐를 것 같은 눈을 팔뚝으로 슥슥, 문지른 김예린은 여전히 넘어진 채 일어날 줄 모르는 자신의 엄마를 보며 그간 하고 싶어 했던 말을 외쳤다.

"그리고 알잖아! 오빠가 저러는 거… 전부 새아빠 때문인 거! 그리고 엄마가 그러고 있는 것도… 이렇게 사는 게 전부다 새아빠 때문인 거 알잖아! 나도 알아! 엄마가 얼마나 불쌍한 사람인지! 그리고 나를 얼마나 사랑하는지도 알아!"

"……."

"하지만… 그렇다고 엄마가 오빠한테 그런 말 해도 되는 거 아니니까… 그러니까……."

획!

이어질 말이 잘 떠오르지 않는지, 아니면 하고 싶은 말이 있는데 차마 할 수가 없는 것인지, 우물쭈물거리는 김예린을 보며 멍하니 있던 박예은은 더 이상 말을 듣지 않고 곧장 일어나 병원 복도를 걸어 어디론가 사라졌다.

"……엄마!"

그런 뒷모습을 향해 소리 높여 엄마를 외쳐 본 김예린이지만, 어찌나 빠른 발걸음인지 어느새 복도 끝으로 사라져 가는 자신의 엄마였다.

김예린은 서보람과 이성희가 열심히 닦아주고 있는

현우를 번갈아 보다가 이내 열려 있던 병실 문을 닫았다.

그리고 그녀의 엄마가 집어 던진 스티로폼 도시락에 떨어진 음식물들을 주워 담기 시작했다.

'엄마……!'

"예린아, 잠깐! 바닥에 있는 건 빗자루로 할 테니까!"

김예린이 침대 위의 음식물을 다 치우고 곧장 바닥에 있는 음식물을 치우기 위해 침대 밑으로 머리를 집어넣으려는 것을 발견한 이성희가 그녀를 말렸다.

김예린이 그간 집에서 현우를 괴롭혀 왔다는 말을 들은 참이긴 하지만, 이성희는 그런 김예린을 향한 측은지심이 더 컸다.

단순히 같이 납치를 당해 험한 꼴을 보았다는 것을 이유에서 제하더라도, 실제로 변하기 전의 현우를 꾸준히 보아온 이성희였기에 조금이지만 그런 김예린의 심정을 이해할 수 있었기 때문이다.

"예린아, 어차피 걸레질도 해야 해… 그러니까……."

"……."

침대 밑에 들어가 있는 김예린에게 그만 나와도 괜찮다고 다시 말하려던 이성희는 침대 밑 어두운 공간에 반신을 집어넣은 채 미동도 않는 모습을 보며 고개를 숙여 침대 밑을 보았다.

"훌쩍… 흐윽… 엄마아……."

침대 밑에서 들려오는 울음소리에 피식 웃어 보인 이성희는 이내 김예린을 힘으로 끌어내 품에 안았다.

그러고는…….

"그래그래, 뚝! 그만 뚝! 어머니도 진심은 아니셨을 거야."

"흐윽! 히끅!"

"…예린이를 너무 사랑하니까, 예린이가 다치지 않기를 바라서 그러신 거니까… 그러니까 예린이도 뚝! 이따가 어머니 다시 오시거든 사과하고… 현우에 대해서도 제대로 말씀드리자. 알았지?"

"흑… 흐으으윽… 끄으으읍… 네에."

이성희의 품에 안겨 눈물 콧물을 쏟으며 울고 있는 김예린.

그녀가 있는 그곳엔 똑똑하고, 인기 있고, 예쁘기까지 한 만능의 여고생은 없었지만, 엄마의 품을 그리워하는 예쁘장한 소녀가 있었다.

이성희는 그런 소녀의 눈물을 닦아주며 달래다가 함께 붉어진 눈시울로 배시시 웃었다.

그 모습을 본 소녀도 콧물을 길게 늘어뜨린 채 훌쩍, 코를 들이마시곤 이성희를 따라 배시시 웃었다.

그런 소녀의 웃음이 웃겼던 것인지, 이성희가 호호, 소리 내어 웃었다.

그러자 소녀 역시 히히, 함께 마주 웃었다.

정말이지, 가슴이 뜨듯해지는 장면이 아닐 수 없었다.

어여쁜 미소녀 둘이 서로를 끌어안은 채 발간 눈으로 서로를 보며 웃고 있는 모습은… 누군가 상황을 모르는 사람이 보았다면 드라마의 한 장면이라 착각할지도 몰았다.

그리고 그런 훈훈한 장면을 보며 저간의 상황을 모두 아는 사람은…….

'놀고들 자빠졌네.'

슥슥―

병실에 비치되어 있던 물티슈로 현우의 머리며 얼굴을 꼼꼼히 닦아내던 서보람은 그들의 모습을 보면서

흥, 콧방귀를 뀌었다.

이성희가 현우와 친한 반 친구이고, 김예린이 동생이란 말에 현우가 깨어나지 못하던 며칠간 공들여 친해지긴 했지만… 서보람에게 있어서 그들의 모습은 자기합리화에 불과했다.

여태껏 현우를 괴롭혀 놓고 납치된 상황에서 현우가 필사적으로 저항하는 모습에 감화되어 이제 와 자신을 애지중지하는 어머니를 내친 딸이나, 그런 애를 위로한답시고 정작 그녀들이 구출될 수 있게 가장 많은 힘을 쏟았을 현우가 뜨거운 도시락을 뒤집어쓴 걸 치우다 말고 저러고 있다는 게 서보람으로선 마음에 들지 않았다.

'일의 선후를 모르는 거지, 일의 선후를!'

다행히 상온에 오래 놔둔 탓인지 현우가 특별히 화상 같은걸 입은 것 같지는 않아 내심 안도의 한숨을 쉰 서보람은 여전히 떨어질 줄 모르는 두 사람을 한심하게 쳐다보았다.

그러다 아까부터 멍한 표정으로 앉아만 있는 현우를 보며 말했다.

"현우 오빠, 일단 다 닦아내긴 했지만… 국물 같은

것 때문에 씻어야겠어요. 옷이랑 침대도 바꾸고… 제가
간호사를 불러올 테니 조금만 기다리세요."

드르륵—

그렇게 말하며 병실을 나선 그녀는 아무도 없을 허공
을 향해 궁시렁거렸다.

"흥, 정말… 왜 현우 오빠 주변엔 저런 사람밖에 없
는 거야?"

그러자 아마도 없어야 할 허공의 빈 공간에서 불쑥
목소리가 흘러나왔다.

"후후, 내가 보기엔 그다지 나빠 보이지 않는걸?"

"에엑? 정말로 그렇게 생각하는 건가요, 아나피
양?"

서보람의 말대로 그녀의 말에 대답을 해준 것은 아나
피, 에리나반 델로니어스 아나피라는 이름의 이번 대
교류 엘프였다.

교류 엘프인 그녀는 사실 본래 일정대로라면 이곳에
있어서는 안 되었다.

하지만 가끔 해외에 나가서 공식 행사 등에만 얼굴을
잠시 비출 뿐, 평소에는 서보람의 저택에서 같이 살고
있었다.

그런 그녀가 한국에 머무는 이유는 크게 두 가지였다.

첫 번째 이유로 그녀가 서보람에게 처음 방을 내달라고 하며 말하길, 자신을 습격하려 한 집단의 조사를 하고 싶다는 것이었다.

하지만 그건 말 그대로 보여주기 용의 이유일 뿐, 사실 그녀로선 그런 인간들은 눈곱만큼도 신경 쓰지 않았다.

그만한 인간들이 떼로 덤벼도 문제없다는 하이 엘프로서의 자존심과 자긍심이 있는 탓이었다.

그렇기에 그녀가 한국에 남은 이유는 사실상 하나, 현우에 대한 동경심이었다.

물론 동경심이라고 하기엔 애매한 것이, 사실 그녀가 현우를 대하는 태도는 복종에 가깝고, 현우를 원하는 마음은 사모에 가까웠으며, 그 위대한 힘에는 경의를 표하곤 했으니, 정확히 어떤 감정 때문에 현우의 곁을 맴도는지는 불명확했다.

뭐, 어쨌거나 그런 이유를 가지고 한국에 머물게 된 그녀는 여전히 세계 평화의 상징이자 모든 마법사들에게 있어 동경의 대상이었다.

그런 그녀가 한 나라의 유력 가문의 집에서 숙식한다
는 사실이 알려지면 서보람도, 그녀 자신도 여러모로
불편해질 것이기에 평소에 밖으로 나올 때면 이렇게 마
법으로 몸을 숨기고 나오곤 했다.

그런 아나피가 다시 한 번 서보람의 말에 대꾸해 줬
다.

"흐음… 뭐, 굳이 따진다면 현우… 씨를 돕다 말고
그런 건 조금 걸리긴 하지만, 어쨌든 위험한 상황을 함
께 헤쳐 나온 사이잖아요? 다른 한 명의 어려움을 보고
가만히 있을 수 없던 거겠죠."

"우우… 그래도 이해가 안 돼요. 제가 알기론 현우
오빠랑 예린이네가 같이 살기 시작한 지 좀 됐을 텐
데… 그동안 계속 현우 오빠를 괴롭혔다면 사실 그녀야
말로 가해자인 건데…… 왜 오빠는 자기 마법으로 따끔
하게 혼내주지 않았을까 하는 생각이 들어요. 예린이와
친구긴 하지만… 그런 잘못된 건 혼나야 한다고 생각해
요."

"후후, 꽤 냉정하시네요."

"이래 봬도 공과 사는 철저히 구분하도록 교육 받았
으니까요."

그렇게 말하며 조금 콧대를 세우는 서보람을 보면서 쿡쿡, 작게 웃어 보인 아나피가 다시 말했다.

"쿡쿡, 그러는 보람 양도 현우 씨가 관련된 일이라면 물불 안 가리고 뛰어드는 거 아니셨나요?"

"네?! 그, 그… 저는…….."

당장 얼마 전만 해도 비밀로 하고 현우를 숨겨주거나 아버지께 부탁해 정보를 제한하는 등 여러 찔리는 짓을 많이 한 서보람이 우물쭈물했다.

"쿠쿠쿠."

그 모습을 보며 작게 웃어 보인 아나피가 간호사들이 보이는 곳이 가까워지자 서보람의 귓가에 대고 말했다.

"그럼 잠시…….."

"네."

다른 사람 앞에서 모습을 드러내는 게 곤란한 만큼 간단한 인사를 하고 기척을 숨기는 아나피를 느끼며 서보람이 현우의 병실을 가리키고는 필요한 것들을 말했다.

그리고 다시 혼자만의 시간을 갖게 된 아나피는…….

'그 눈… 뭐였을까?'

아무도 보지 못하지만 그럼에도 불구하고 화분 근처에 기대 다시 한 번 몸을 숨긴 아나피는 조금 전 천천히 현우의 눈에 차오르던 검은색의 무언가를 떠올리고 있었다.

'희생 마법의 후유증인가?'

아나피가 현우를 발견했을 때, 그녀는 크게 놀라고 말았다.

살아 있는 게 신기할 만큼 끔찍한 현우의 몰골도 몰골이거니와, 그 강력한 마법사인 현우가 겨우 그만한 인간들에게 집단 린치를 당하고 자신의 동생을 구하고자 희생 마법까지 썼다는 게 놀라웠기 때문이다.

'게다가 생명력은 정말로 거의 밑바닥까지 끌어다 썼지……. 오늘 말할 때 상태가 이상했던 걸 보면 무언가 다른 것도 소모한 거 같고…….'

덕분에 그녀는 현우에게 그야말로 온 힘을 다한 힐링 마법을 사용하여 간신히 회복시켜 주었다.

막 썼다곤 하지만 현우가 사용한 마법이 워낙 세련된 탓도 있고, 아직 이 세상 현우의 육체가 젊기 때문에 미량의 생명력이 꾸준히 차오르는 중이라 가능했던 거지, 본래 그만큼 희생 마법을 사용한 마법사라면 죽었어야 마땅했다.

그리고 그녀는 현우가 그런 위험한 마법을 사용한 배경이 궁금했다.

'내가 현우 님의 마법 실력을 잘못 쟀을 리는 없어……. 그때 마법의 흔적으로 보나 증언으로 보나 현우 님은 분명 7클래스 급 마법사가 틀림없으시니까……. 게다가 주문을 외우지도 못하던 몸 상태로 사용한 세련함의 극치인 희생 마법… 그런 수준 높은 마법을 구사하는 사람이 수준 낮은 마법사일 리가 없지.'

그녀의 의문은 상당히 타당한 것이었다.

그녀가 파악하기론 현우의 마법 실력은 대략 7클래스.

평범한 서클의 마법사가 아닌 현우였기에 정확히 어느 정도 수준인지 그녀로선 알 수 없었지만, 가장 최근에 사용한 최고위 마법이 레저렉션이었으니 그 정도라 유추하고 있었다.

어쨌거나 그런 고위 마법을 사용할 수 있는 사람이 어째서 그런 매직 미사일 한 방거리에도 못 미치는 인간들에게 납치를 당했느냐는 것이며, 자신의 몸이 그 지경이 되도록, 그리고 자신의 여동생과 친구가 그런 꼴이 되도록 별다른 조치를 취하지 않았느냐는 것이었다.

'저번 싸움에서 무언가 문제가 있던 것일까?'

그녀는 납치 사건이 있기 전에 벌어진, 그녀 자신을 노린 마법사 집단의 습격을 떠올렸다.

당시의 싸움에 대해 증언을 듣기론 분명 일방적인 학살이었고, 동시에 현우가 7클래스 마법을 드러낸 자리이기도 했다.

그렇담 그때의 현우는 왜 쓰러졌던 것일까?

'6클래스 정도의 마법사였다면… 회복 마법을 마지막으로 마나가 고갈돼서 쓰러졌다고 생각할 수도 있겠지만…….'

하지만 현우는 7클래스의 마법사였다.

만약 현우가 쓴 최고위 마법이 6클래스 정도였다면 아나피도 현우가 그 밑의 5클래스 내지는 정말 재능이 뛰어난 4클래스 마법사 정도라고 봤을 수도 있었다.

7클래스 이전의 6클래스 마법까지는 마법사의 재능이 얼마나 뛰어난가, 얼마나 똑똑한가에 따라 본인의 클래스를 넘어서는 마법을 펼칠 수 있었으니 말이다.

그러나 7클래스는 달랐다.

그야말로 반신.

같은 세상에서 평범한 이들과는 다른 세상을 보는 한 차원 위의 존재였다.

그런 마법은 겨우 재능이 뛰어나거나 머리가 좋다는 이유로 6클래스의 마법사가 펼쳐 낼 수 없었다.

그렇기에 아나피는 현우가 7클래스라고 그토록 확신하고 있는 것이었다.

그렇게 현우에 대해, 현우의 마법에 대해 아나피가 고민하고 있을 때, 그녀의 예민한 감각에 기괴한… 아주 기묘한 감각이 전해졌다.

'이건……?'

그 감각이 느껴진 방향을 노려본 아나피는 그게 어디서 흘러나온 것인지 직감적으로 느낄 수 있었다.

'708호!'

그것은 현우가 입실해 있는 병실의 호수였다.

타닷!

"그럼 잘 부탁드려요."

"네. 시트랑 환자복 금방 가져다 드리겠습니다."

친절한 간호사의 배웅과 함께 아나피와 헤어졌던 장

소로 돌아온 서보람이 두리번두리번 주변을 둘러보곤 아나피가 있을 법한 곳을 향해 속삭였다.

소곤소곤.

"아나피 양~ 볼일 다 끝났어요. 그만 돌아가요."

…….

"아나피 양?"

갸웃.

돌아오는 대답이라곤 없는 병실 복도에서 서보람은 그렇게 아나피를 기다렸다.

같은 시각, 현우의 병실.

드르륵!

분명 아무도 없건만 현우의 병실 문이 작게 열렸다 닫혔다.

투명화 마법을 사용 중인 아나피가 문을 열고 들어온 것이었다.

'뭐였던 거지? 딱히 변한 건 없어 보이는데…….'

위치를 확인하기 무섭게 달려온 것이지만, 어째선지 그 기묘한, 혹은 불쾌한 감각을 느꼈던 것과 달리 병실 은 아나피와 서보람이 나갔을 때랑 다를 바가 없었다.

현우는 침대 한가운데 앉아 고개를 숙이고 있고, 이성희와 김예린은 그런 현우의 시선이 닿는 곳 정면에 앉아 눈을 마주하고 있었다.

그 모습은 지극히 평온하고 조용했다.

'……조용해?'

슥.

두리번.

아나피는 조용하다 못해 고요하기까지 한 병실에서 이질감을 느꼈다.

그리고 미동조차 않는 현우와 두 여자에 대해서도…….

슬쩍―

겉으로 보기엔 아무런 문제도 없어 보이는 이 상황에 정체를 알 수 없는 불안감을 느낀 아나피는 소리가 나지 않도록 조심스레 현우의 침대를 돌아 조용히 앉아 있는 여자들의 맞은편, 즉 현우의 등 뒤에 가서 섰다.

그리고 현우와 눈을 마주치고 있을 그녀들을 쳐다봤다.

"이, 이게 뭐야……! 힙!"

스으윽―

아나피는 너무 놀란 나머지 자신도 모르게 소리친 것을 깨닫고 곧장 입을 틀어막았지만, 현우의 반응이 조금 더 빨랐다.

여태껏 이성희와 김예린, 두 여자를 쳐다보던 시선을 방금 전 소리가 난 방향을 향해 틀었다.

'저, 저 눈은……!'

방금 전 그녀가 확인한 이성희와 김예린의 눈과 똑같은 모습이었다.

눈동자가 보이지 않는 회백색의 눈.

빛도, 생기도, 그 어느 것도 느껴지지 않는, 시체의 눈빛.

아나피는 그런 현우의 눈을 보며 비명이 터져 나오려는 것을 간신히 참아냈다.

그때.

드르륵!

"나피, 여기 있어요?"

병실 문을 열고 들어온 건 아나피를 찾아 나선 서보람이었다.

그녀들은 미리 약속을 정해뒀었다. 서보람은 아나피의 위치를 찾을 수 없기에 만약 아나피가 필요한 상황에 주변에 사람이 있다면, 그녀를 부를 때 나피라 호칭해 마법으로 대화를 하기로 한 것이었다.

그리고 지금, 서보람은 혹시 아나피가 먼저 병실에 와 있을까 봐 나피를 부르며 병실에 들어선 것이었다.

아나피는 무방비하게 병실로 들어오는 서보람의 모습을 보면서 지금 그녀가 이곳에 있어선 안 된다는 것을 특유의 감으로 느꼈다.

그녀는 서보람에게 도로 나가라고 손짓 발짓을 했지만, 당연하게도 그게 보일 리가 없는 서보람에게 닿지 못했다.

그리고 마침내 서보람이 현우 앞에 선 순간.

"어? 현우 오빠, 아직 안 씻으셨네요?"

스으윽!

고개를 든 현우와 서보람의 눈이 마주쳤다.

"으... 으으으......."

달달달.

서보람의 눈이 밑에서부터 점차로 회색빛으로 물들어갔고, 몸의 떨림을 주체할 수 없다는 듯 온몸을 달달달 떨며, 비틀비틀 근처의 의자에 자리를 잡고 앉았다.

그리고 그 순간, 아나피는 볼 수 있었다.

현우의 회백색 눈동자로 차오르는 검은색 빛깔을.

흰자위가 보이지 않는 칠흑의 두 눈을.

'빛을… 빨아들이는 것 같아.'

너무도 새카만, 도저히 이 세상의 것이라 여겨지지 않을 만큼 새카만 현우의 두 눈은 주변의 빛을 빨아들이는 수준이었기에 마치 그 안쪽에 눈알이 아니라 아무것도 안 들어 있는 것처럼 보일 지경이었다.

그런 기괴한 현우의 모습에 강렬한 불안감을 느낀 아나피는 다시 한 번 크게 숨을 들이마셨다.

그러고는 이내 머리를 부여잡고 의자에 앉은 서보람이 더 이상 현우와 눈을 마주치지 못하도록 그녀를 재빨리 뒤로 당겨 버렸다.

그러나……

풀썩—

'……!'

무슨 마법에라도 당한 것일까, 아니면 저 눈을 본 영향일까?

아나피의 도움으로 뒤로 넘어진 서보람은 마치 관절부가 솜으로 된 인형처럼 그대로 바닥에 너부러졌다.

그리고 그렇다는 건… 아마도 이미 늦은 것이리라.

아나피는 당혹감에 휩싸여 서보람을 쳐다보다가 혹시 자신의 존재를 현우가 눈치챈 것은 아닐까 싶어 저도 모르게 현우와 두 눈을 마주치고 말았다.

그 순간.

슈루룩!

아나피가 펼친 투명화 마법이 사라졌다.

아니, 정확히 말하자면, 사라진 게 아니라 빨려 들어가 버렸다. 현우의 검은 두 눈 속으로 말이다.

현우의 눈이 빨아들이기 시작한 건 그것뿐만이 아니었다.

주변을 거의 마나 진공 상태로 만들려는 것인지, 그 두 눈은 끝도 없이 마나를 게걸스럽게 먹어 치우기 시작했다.

현우 주변 대기에 있는 마나는 물론, 아나피가 쌓아 올린 서클 속의 마나까지.

정확히 그녀의 서클이 무너지지 않을 만큼, 그녀가 이대로 쓰러져 죽지 않을 만큼, 아슬아슬한 만큼의 마나를 아나피로부터 뽑아내기 시작했다.

'이… 이것 때문에 다들……!'

서보람과 다른 여자들이 저렇게 된 것도 인간으로서

활동에 필요한 에너지, 마나를 모두 빼앗긴 탓이었다.

다행히 현우의 눈에 빨려 들어가는 마나는 생명력이
아니었기에 한숨 푹 자고 일어나기만 해도 회복할 수
있겠지만, 당장 활동에 필요한 힘을 모두 빼앗긴 이상
그녀들은 하루 내내 잠을 자야 본래의 모습으로 돌아올
수 있을 터였다.

그렇기 때문에 그녀들의 눈이 빛을 잃고, 생기를 잃
어 사람이 아닌 인형처럼 보였던 것이리라.

아나피는 직접 체험하는 것으로 그녀들이 갑자기 이
런 모습이 된 이유를 발견하긴 했지만, 이 상태에서 벗
어날 방법을 찾을 수는 없었다.

그저 속절없이 마나를 빨릴 수밖에…….

비틀—

남들보다 많은 마나를 가진 만큼 오랫동안 버티던 아
나피였지만, 그녀에게도 한계는 찾아왔다.

다리가 후들거리고 술에 취한 듯 몸이 휘청거렸다.

그런 그녀의 품에서 잘그락, 무언가가 튀어나왔다.

활짝 피기 전의 봉오리 진, 고귀한 꽃의 문양이 담긴
펜던트.

그 우아한 문양으로부터 흐르는 정갈한 마나는 아나

피가 조금 더 버틸 수 있던 동력원 중 하나였다.

그 아티팩트에 걸린 마법은 그런 것이었으니 말이다.

현우의 눈은 아티팩트에 흐르는 마나를 향했고, 이내 아티팩트로부터 마나를 빨아들이기 시작했다.

아니, 하고자 했다.

멈칫!

현우의 새카만 두 눈이 좌우로 급격하게 떨렸다.

스스로를 괴물이라 낮추던 사람의 괴물 같은 두 눈 사이로 청명한 빛이 어리다 사라졌다.

반짝!

반짝반짝!

그 모습은 마치 밤과 낮의 싸움 내지는 은하수의 별빛과 밤하늘의 싸움과도 같은, 신비한 모습이었다.

그리고 그런 신비한 모습을 지켜보는 이가 있었으니, 정신을 잃기 직전의 아나피였다.

그녀는 그 빛이 정확히 무엇인지는 알 수 없었지만, 여전히 엘프 특유의 직감으로 그것이 현우의 싸움임을 알 수 있었다.

싸우고 있는 것이다, 현우가 그 안에서.

'무슨 일인지… 아직도 잘 모르겠지만…….'

아련한 눈빛이 된 아나피는 흐려지는 시야 사이로 필사적으로 현우를 바라보며 속으로 외쳤다.

'꼭… 이기세요, 현우 님!'

그녀의 정신이 심연 속으로 가라앉았다.

'젠장, 저게 뭐야!'

—저게 뭐냐니? 저건 내가 만들어준 아티팩트잖아.

'뭐? 그딴 거 모른단 말이다.'

—뭐? 저걸 모르고 어떻게 내 행세를 할 수 있는 거냐?

현우의 의식 속.

현우는 자신과 똑같이 생긴, 하지만 눈이 있어야 할 자리에 커다란 구멍이 뚫린 존재를 상대로 설전을 벌이고 있었다.

'흥! 본래 네가 나의 흉내를 내고 있던 것일 뿐! 진짜 내가 인정하지 않는 물건에 의미를 부여하려는 거냐?'

—정말 계속 끝도 없이 헛소리를 해 대는군! 네가 어떻게 나일 수가 있냐? 내 모습이 원래의 너처럼 새하얗고 눈구멍에 든 것도 없었다고?

'크큭… 여전히 인정하려 들질 않는군. 뭐, 그렇게 발버둥 치는 것도 좋겠지. 자기 자신이 본래는 카피된 다른 인격이라는 데야 누구라도 혼란스러울 수밖에.'

—개소리 집어치워!

'왜? 내가 해준 말들이 여전히 이해가 안 가나? 아까부터 몇 번이고 왜 니가 가짜인지 설명해 준 것 같은데?'

—으윽……! 개소리 말고 어서 이거나 풀어!

현우는 눈에 구멍이 뚫린 현우의 말을 애써 외면하며, 마치 동영상 속의 녹아버린 초를 거꾸로 되감기해서 본래의 모습으로 바꾸는 것처럼, 그렇게 천천히 밑에서부터 자라나 현우를 자신을 감싸가는 녹색의 크리스털을 보며 말했다.

'후후, 그럴 수야 있나. 네가 여태껏 그걸 통해 나를 가두고 네 속에 담아둔 것처럼… 나 역시 그렇게 할 거야. 물론 너 역시 언젠가 지금의 나처럼 기회가 올지도 모르는 일이니… 한 번 기다려 보는 건 어때? 응?'

—이 개자식이!

'이봐, 자꾸 본인한테 욕을 하는 건 그만두라고.'

현우의 욕설을 비아냥거리며 맞받아친 눈이 구멍 난

현우는 귀를 파는 시늉을 하더니, 이내 그걸 훅, 불어 내며 말했다.

'그나저나 이걸 어쩌나? 저 아티팩트가 네 마지막 보루였던 것 같은데?'

—이 괴물 새끼……!

'오호? 그래, 좋아, 좋아. 너는 나를 발견했을 때부터 그렇게 계속 부르곤 했지. 실제로 이번에 내가 밖으로 나올 수 있던 것도 많은 사람들이 괴물 취급해 준 덕분이고 말이야.'

그렇게 말하며 호탕하게 웃음 짓는 괴물.

눈이 구멍 난 현우는 예전의 음침하고 말도 제대로 못하던 그 하얀 나뭇가지 같은 녀석이 맞나 싶을 만큼 달변을 펼치고 있었다.

'후후… 사실 그것보다도 애당초 네가 나뿐만 아니라 칼롯 코즈너조차 너로부터 분리해 냈을 때, 이미 이런 상황은 예견되어 있긴 했지만 말이야.'

—……!

'왜? 처음 듣는 얘긴가? 너, 니가 정신착란 증세가 있다고 스스로 생각하지 않았나?'

—설마……!

얼마 전 저택의 습격 사건이 있었을 무렵, 자신의 진짜 정체성에 대해 혼란을 갖고 있던 현우는 자신 스스로가 확실히 기존의 칼롯 코즈너와는 다른 사람이라고 인식한 바 있었다.

'뭐, 사실은 이 세계에 넘어온 순간부터 조금씩 떨어져 나가고 있긴 했지만… 그 무렵에 일이 꽤 크긴 했지. 크크크…….'

—설마… 칼롯 코즈너도 이런 크리스털에 가둬둔 건가?

현우가 눈이 구멍 난 현우를 향해 묻자 그는 텅 빈 구멍을 한층 더 키우며 말했다.

'뭐? 누구를? 칼롯 코즈너를? 큭… 큭큭큭! 크하하하핫!'

—……?

칼롯 코즈너의 이름을 되뇐, 눈이 구멍 난 현우는 잔뜩 웃어 대는가 싶더니, 이내 웃음을 참는 표정으로 말했다.

'그럼, 당연히 가둬났지.'

—이 자식……!

'워워, 진정해. 설마하니 네 정신착란이 칼롯 코즈너

를 내가 따로 가둔 탓이라고 생각하는 건 아니겠지?'

그렇게 말하며 능글능글한 표정을 지어 보인 눈이 구멍 난 현우는 자신의 가슴팍에 아무렇지 않게 손가락을 박아 넣더니 말했다.

'큭큭, 칼롯 코즈너… 전신이 어디로 갔는지 궁금해하는 것 같으니, 어디 있는지 보여주지.'

쩌저저적!

─……!

그렇게 말하며 박아 넣은 손가락으로 자신의 가슴을 찢어낸 눈이 구멍 난 현우는 그 속에서 반쯤 녹아내린 늙은이의 손을 꺼내 보였다.

'짜잔, 이게 뭘로 보여?'

─너… 너!

'이봐, 그렇게 화내지 말라고! 이거, 니가 그런 거잖아? 안 그래?'

─뭣?!

현우의 놀라는 표정을 즐기기라도 하는지, 놀라는 반응에 싱글벙글해하던 녀석은 이내 현우에게 노쇠한 팔의 토막을 보여주며 말했다.

'그러엄~ 그동안 주도권을 쥐고 계시던 어떤 분께서

저도 모르게 떼놓아 버린 다른 인격을 둘 곳을 못 찾아
서 내가 있던 크리스털에 쑤셔 박은 결과지.'

—…….

'어때? 뭔가 떠오르는 게 있어?'

—설마…….

'크크… 그래, 바로 그거야!'

현우는 이 세상에 온 지 얼마 안 된 어느 날, 자신이
꿈속에서 만난 녹색의 크리스털을 떠올렸다.

그때 그 크리스털은 본래 녹색이 아니었던 걸로 기억
했다.

그날 현우가 손을 대기 전까지는…….

'그래! 바로 그때! 너로부터 분리된 칼롯 코즈너의
일부가 날 가둔 감옥에 녹아들었지! 그리고 너에게서
떨어져 나올 때마다 조금씩… 한 조각씩 이 크리스털
안으로 흘러 들어온 거야. 그리고 난 그걸…….'

쩌어억!

쑤욱!

'……이렇게 한 것이고.'

설명을 하며 말끝을 흐리던 녀석이 보여준 것은 좀
전에 보여줬던 가슴의 안쪽이었다.

그곳의 안쪽으로 꺼냈던 칼롯 코즈너의 토막을 도로 집어넣은 녀석이 말했다.

'덕분에 난 칼롯 코즈너의 마법을 갖게 되었지. 너처럼 어설프게 느릿느릿 회복해 가는 게 아니라⋯⋯!'

─그렇군⋯ 그래서 그때 레저렉션이⋯⋯!

'그래! 너 스스로 너에게 불신을 가졌을 때, 내가 일부 녹아들었거든. 그러니 7클래스 마법을 사용할 수 있을 수밖에!'

─⋯⋯.

결국 입을 닫은 현우는 가슴픽픔을 지나 점차 자신을 덮어가는 크리스털을 노려볼 뿐이었다.

그 모습에 눈이 구멍 난 현우가 물었다.

'그래, 이만 체념한 거냐? 이제 슬슬 또 다른 손님이 오시는 모양이니, 나도 나가봐야 해서 말이지.'

그렇게 말하는 녀석에 의해 공유된 몸의 시야로 병실의 문이 열리고, 오늘 한 번 봤던 인영이 들어오는 게 보였다.

'파하하핫! 이거, 걸작이군! 하필 저 여.자.가 들어오다니!'

그것을 본·현우가 발작했다.

—그녀를 건들지 마!

'……어째서?'

현우의 외침에 정색한 표정으로 되묻는 녀석의 얼굴은 지금까지와 달리 단 한 점의 감정도 묻어나지 않았다.

'저 여자 때문이었어, 네가 집에서 그토록 고통을 받은 건. 저 여자 때문이었어, 네가 학교에서 그토록 무시를 당한 건. 저 여자가 부모라는 이름을 달고도 아무것도 해준 것이 없었기에… 너는 완전히 외톨이가 되었어. 바로 저 여자 때문에…… 내가 이렇게 존재하고 있어!'

흠칫!

새카만 눈구멍이 일렁거리며 현우를 노려봤다.

'난… 오늘 나를 만들어준 그녀에게 보답을 할 생각이야.'

—그… 그만둬…….

현우가 말했다.

'넌 이곳에서 지켜보라고.'

—그만둬!

현우가 외쳤다.

그리고…….

스르륵…….

현실의 현우의 눈이 깜빡 감겼다 다시 뜨여졌다.

한층 더 강렬한 검은빛을 담고서.

〈『언령의 주인』 5권에서 계속〉

언령의
주인

1판 1쇄 찍음 2015년 10월 13일
1판 1쇄 펴냄 2015년 10월 16일

지은이 | 진 솔
펴낸이 | 정 필
펴낸곳 | 도서출판 **뿔미디어**

편집장 | 이재권
기획 · 편집 | 문정흠

출판등록 | 2002년 9월 11일 (제1081-1-132호)
주소 | 경기도 부천시 원미구 소향로 17번길(두성프라자) 303호 (우) 14544
전화 | 032)651-6513 / 팩스 032)651-6094
E-mail | bbulmedia@hanmail.net
홈페이지 | http://bbulmedia.com

값 8,000원

ISBN 979-11-315-6873-6 04810
ISBN 979-11-315-6523-0 04810 (세트)